BBULMEDIA

www.bbulmedia.com

암천루

암천루

⑤ 산수화

신무협 장편 소설

차례

1.
마벽(魔壁)

"흐읍."

들이쉬는 숨이 부드럽지 않았다.

호와 흡으로 인해 대자연의 청량한 기를 체내에 휘돌리고 육신 내부에 잠자고 있던 탁기는 외부로 방출시킨다. 내공심법의 기본이다.

그러나…….

그러한 기본 원리가 지금의 강비에게는 통용되지 않고 있었다.

대자연의 정기를 흡하여 체내로 돌리고 있지만, 내뱉는 호에서 탁기를 완연하게 발출시키지 못했다. 의

술과 약을 병행하며 잡아가고 있던 내상 자체가 워낙
에 심각해서 배출시킬 탁기를 기혈 곳곳에서 방해하고
있기 때문이었다.

단전에 남아 있는 미약한 진기 역시 이전처럼 강성
한 힘을 내지 못했다.

'정체되었다. 이러면 안 되는데.'

호천패왕기는 신공이다.

흔히들 이야기하는 신공절학. 품고 있는 힘과 이치
가 대단히 신묘하여 누구나 쉬이 익힐 수 없지만, 어
느 경지에 이르도록 익힌 이후라면 어떠한 순간에라도
파탄을 보이지 않는다.

그만큼이나 대단한 무공.

그러나 지금은 제 힘을 제대로 내지 못하고 있었다.
거칠 정도로 힘차게 흐르던 내력은 몇 방울 남지 않은
개울물마냥 힘을 잃었고, 시시각각 내부의 탁기를 몰
아내던 신묘함은 도통 보이지 않았다.

내상이 심각해서 그렇다.

본시 육체가 워낙 강건하고 의지력이 높아 어떻게
든 몸을 움직일 수는 있지만, 평범한 무인이라면 정신
조차 차리지 못할 육신이었다. 억지로 일으켜 세웠으

니 오히려 누워서 치료를 받는 것보다 못한 모습을 보이는 것도 당연했다.

하지만 마냥 이러고 있을 수는 없는 일.

그는 임 의원의 말을 기억해 냈다.

"몸은 쉴 때 쉬어야 해. 자네의 심신이 원체 강건하여 생각보다 빠르게 깨어났지만, 그렇다고 무리해서는 안 될 일이야. 이만큼 심각한 내상을 입었으니 죽지 않은 게 신기할 지경이지. 급하게 생각하지 말고 여유를 갖게나. 내 석 달 안에 정상으로 고쳐 놓음세."

석 달 안에 고쳐 놓겠다.

의술의 경지가 대단한 임 의원이 내뱉은 말이었다. 그는 그 말을 분명 지킬 수 있을 것이다.

달리 말하자면, 임 의원이 없었다면 석 달은커녕 일 년을 홀로 애써도 다 낫지 못할 내상이었다는 소리다. 어지간한 내상 정도는 하루 이틀 내에 정상으로 돌려 놓는 호천패왕기의 신묘함을 생각하자면, 정말 죽을 고비를 넘긴 것이다.

강비는 가만히 하늘을 올려다보았다.

산중의 차가운 바람이 불어오지만, 어느새 완연한 봄이 찾아온 시점이다. 석 달 뒤면 뜨거운 햇빛이 세상을 덮을 터. 그때까지 기다려야 한다는 뜻이다.

'그럴 수는 없습니다, 임 의원님.'

다른 모든 것에 여유를 가질 수 있어도 몸 상태만큼은 그럴 수 없다. 문(文)과 무(武)의 궁극적인 목적이 깨달음이라지만, 육신이 제대로 움직이지도 않는데 깨달음이 다 무슨 소용일까.

육신 없는 혼백이 움직인다 하여 그것을 사람이라 할 수는 없다.

'어떻게든 차도를 보여야 한다.'

그 방법으로 그는 중단전을 택했다.

내단의 폭발과 확장으로 그릇만큼은 이전과 비할 데 없이 커졌지만, 동시에 피폐하여 아무것도 찾을 수 없는 곳이다. 하나 그곳에 머물고 있는, 본인이 아니었다면 결코 찾을 수 없는 미약한 진기가 그의 의지를 불태우고 있었다.

스승께서 남겨주신 생명의 씨앗이다.

너무나 미약해서 웃음조차 나오지 않을 양이지만, 그 농도만큼은 세상 그 어떤 기운보다도 짙었다. 쌀알보다 작은 양이라 하나 이전 강비의 몸을 휘젓던 패왕진기를 몽땅 쏟아부은 양과 손색이 없을 터였다.

　'내단의 폭발로 대부분의 기가 체외 방출되었다. 하지만 그 근원, 가장 깊은 곳에 있던 기만큼은 요지부동이었어.'

　내단, 거의 성단(聖丹)이라 불리어도 손색이 없던 그 내단은 강제로 찢었음에도 모든 기운을 다 쏟아내지 않았다. 체외로 방출된 기로 인해 육신은 죽음을 향했으나 그 중심, 씨앗만큼은 빠져나가지 않은 것이다.

　혜정 대사의 기(氣)와 임 의원의 의술이 아니었다면 틀림없이 죽었을 따름이지만, 보다 근원적인 곳에서는 이러한 진기가 생명줄을 잡고 있었다. 생명의 근원과도 같았다. 이 진기야말로 여태껏 그의 목숨을 살린 근본이라는 것이다.

　'사부님.'

　죽어서도 갚을 수 없는 은혜.

스승의 영혼이 깃든 선물이다.

'어떻게든 치유한다.'

이 진기를 이용한다.

얼마나 걸릴지 알 수는 없다. 그러나 적어도 석 달의 시간보다는 빠르리라. 스승께서 남겨주신 선물로 새로운 생명을 여는 것. 그 일은 전적으로 강비에게 달렸다 해도 과언이 아니었다.

그는 기해(氣海), 하단전에서 맴돌고 있는 패왕진기에 의념을 실었다.

'일어서라.'

힘없이 빼꼼 고개를 쳐드는 붉은 기운.

패왕기였다. 아무리 봐도 자신의 기라고는 생각하지 못할 만큼 미약했다. 씁쓸함도 잠시. 그는 패왕기를 일으켜 온몸 곳곳으로 퍼트렸다.

찌이잉.

'큭!'

반사적으로 입을 열고 신음을 토할 뻔했다.

손상된 기혈들로 기를 돌리는데, 그 고통이 너무 심했다. 퍼트리고 퍼트려 탁기를 몰아내야만 하는데, 시작부터 이런 고통이라면 난감함이 앞선다.

'그래도 한다!'

최소한의 기혈을 안정시킨 후, 본격적인 작업에 들어서야 했다. 중단에 남은 기는 분명 성스럽고 깨끗하지만, 자칫 잘못 열어두면 손상된 기혈이 버티질 못할 수도 있었다.

질끈 눈을 감은 강비.

온몸으로 땀을 쏟아내며 기나긴 운공에 들어섰다.

＊   ＊   ＊

"놀랍군."

강비의 맥을 짚은 임 의원의 한마디였다.

그의 늙수레한 얼굴에는 숨기지 못할 경이가 자리잡고 있었다.

"회복되는 속도가 굉장히 빨라. 밤낮없이 가부좌를 틀고 연공에 들어서더니, 뭔가 얻은 것이 있나 보구먼."

무인의 눈이 아니라 의원의 눈으로 간파한 몸 상태였다.

열흘이 지난 이후, 강비의 몸은 이전과 또 다르게

변모했다.

완전한 상태로 돌아온 건 아니지만, 거의 파괴 직전까지 갔던 대부분의 기혈들이 본래의 모습을 찾아가고 있었다. 놀라운 변화였다. 잠조차 포기하고 얻은 성과였다.

그러나 임 의원의 표정은 다시 곤란함으로 물들었다.

"확실히 회복의 속도가 탄력은 받았지만, 자네는 내 말을 듣지 않았군."

"죄송합니다."

"자네 마음이 급함을 잘 아네. 하나 결코 잊지 말게. 육신이 쉬어야 할 때는 분명 그만한 이유가 있는 것이야. 열흘 만에 이 정도로 육신을 회복시킨 자네의 능력은 대단하지만, 그것은 또 어느 한 군데의 문제를 일으키게 마련일세."

당장 와 닿지는 않는다. 그러나 강비는 임 의원의 말을 새겨들었다. 어느 분야에서든 경지에 이른 자의 말을 흘려들을 정도로 그는 멍청하지 않았다. 더구나 상대는 사람의 몸을 다루는 의원이었다.

"그래도 놀라운 건 놀라운 거야. 자네가 익힌 무공,

실로 대단하다 아니 말할 수 없어. 치상결의 공능이 뛰어나. 휴식과 공부를 병행하게나."

"예."

그러나 아무리 의원의 권고가 있다 한들 제 스스로 느끼지 못하면 무엇 하나 따르기 힘든 법이다. 진중한 충고였으니 이전보다야 휴식을 가지긴 했으되, 강비는 무조건 운공에 박차를 가했다.

임 의원 역시 그 뒤로는 가타부타 더 이상의 권고는 하지 않았다. 이 역시도 마음에 달린 것. 일단은 환자의 노력을 믿고 보는 것이다.

그 노력의 결실 덕분일까, 강비의 몸은 하루가 다르게 정련되어 갔다.

그렇게 한 달이 지난 후.

강비는 숲 속에서 가볍게 숨을 골랐다.

시작할 때가 되었다.

아직 완벽하게 회복하진 못했으나 전신의 기혈이 어느 정도 수습되었다. 엄청난 노력의 결과물이었다. 식사를 할 때와 수면을 취할 때를 제외하고 하루 대부분의 시간을 운공에 쏟아부은 노력이 결정을 맺은 것이다.

'자, 가보자.'

홀연히 일어난 붉은색 패왕의 진기가 빠르게, 그러나 부드럽게 중단을 향해 나아갔다.

호천패왕기는 상중하, 삼단전을 전부 아우르는 신공이다. 여전히 정상은 아니지만, 보다 깔끔해진 중단전이 패왕기의 돌입을 넉넉하게 받아주었다.

우웅.

그의 전신에서 맑은 적색 아지랑이가 피어올랐다.

'조심.'

무턱대고 건드릴 순 없다. 패왕기는 본연의 거친 기세를 갈무리한 채 조심스레 내단의 진기를 어루만졌다.

생각보다 훨씬 부드러운 반응이었다. 딱딱하게 굳은 진기를 두들길 때 엄청난 고통을 동반할 줄 알았거늘, 마치 뭉친 근육을 풀어내는 것처럼 시원하기만 했다.

파악.

한 시진 정도 진기를 이끌었을까.

마침내 반응이 왔다.

옹골차게 뭉쳤던 진기가 갑작스레 안개처럼 훅 퍼지며 전신으로 퍼져 나갔다.

"커헉!"

대량의 피를 토하는 강비.

그의 얼굴은 기쁨으로 물들어 있었다. 내상으로 입은 토혈이 아니었다. 체내 곳곳에 숨은 탁기를 몰아내는 과정에서 쏟아낸 피였다. 탁혈(濁血)인 것이다. 패왕진기로 그리 오랫동안 방출하지 못한 탁기와 탁혈이 한순간에 체외로 쏟아졌다.

이전과는 전혀 다른 반응이었다.

넘치는 기를 주체하지 못해 오히려 망가졌던 몸이지만, 지금 중단에 남은 내단기는 받아들일 준비가 된 강비의 몸에 딱 알맞은 용량과 농도를 보이며 무척이나 활발하게 생기를 퍼트렸다.

반개한 강비의 눈이 번쩍이는 광망을 터트렸다.

무서운 속도로 회복되는 기혈들. 가뭄이 찾아온 땅처럼 쩍쩍 갈라졌던 단전들이 활기를 되찾았다. 이전의 고난들은 지독한 악몽이었던 것처럼, 믿을 수 없는 속도로 나아갔다.

'된다!'

선정한 기운이 호천패왕신공의 구결에 따라 전신을 누빈다. 한 번 누빌 때마다 새살이 솟아나는 것 같았다. 진기가 스치고 지나간 자리에는 밝고도 밝은 생(生)의 기가 넘쳐흐른다.

놀라운 변화, 기연에 가까운 변모였다.

비록 사부가 바랐던 것처럼 온 천하를 누빌 만큼의 내단기(內丹氣)를 전부 수용하여 고금(古今)에 비할 데 없는 초월자가 되지는 못했지만, 그 중심이 되는, 최고로 응축이 된 기가 몸을 완전하게 바꾸어주고 있었다.

환골탈태(換骨奪胎)에 다름 아니었다. 말랐던 몸에 활기가 돈다. 보다 탄탄해지고 넓어진 기혈이 강비를 맞이해 나갔다. 한 사람의, 그것도 절정의 역량을 발하던 고수의 몸을 개조시킬 정도로 진기의 농도는 짙고도 짙었다.

그의 몸에서 일어나는 적색의 아지랑이는 마치 타오르는 불길처럼 거세게 주위를 맴돌았다. 확장되는 단전, 일깨워진 공능이었다. 상, 중, 하단전의 너비가 더 이상 넓어지지 못할 만큼 늘어나고, 강물처럼 불어난 진기는 이전보다 높은 질을 갖게 된다.

갑작스레 터져 나간 기파를 느낀 혜정 대사가 임 의
원을 데리고 강비의 전면에 섰다.

"이건……?!"

뿜어져 나오는 기파를 통해 강비의 상태를 짐작한
혜정 대사였다. 그의 얼굴에 놀라움이 어렸다. 그조차
도 강비의 이런 변화는 예측하지 못했던 것이다.

"놀랍군요. 아무리 운공에 매달려도 족히 사십 일
은 더 걸릴 것이라 예상했는데."

"제 사부의 보살핌인 게지. 더군다나 그릇이 이전
보다 커졌어. 저 정도라면……."

보다 깊은 깨달음이 있어야겠지만, 단순히 몸과 기
의 농도로 보건대…….

'도달하겠어, 예정보다 빠르게.'

축하할 일이다. 축하할 일이되, 할 일이 많아졌
다.

'그 몸, 다루려면 많은 고난이 필요할 거다.'

제어되지 못한 힘은 진정한 힘이 아니다. 그 이치를
혜정 대사는 잘 알고 있었다. 힘이 강렬해진 만큼 제
어하는 것도 어려워지는 법이다. 제대로 다듬기 위해

서는 피를 쏟는 노력이 필요하리라.

기어코 한 걸음을 뗀 강비.

훗날 파천군신(破天軍神), 광룡왕(狂龍王)으로서의 무시무시한 명성을 얻게 될 한 남자가 비로소 그 자격을 갖추게 되는 순간이었다.

대부분의 내상을 수습하면서 강비는 본격적으로 수련에 들어섰다.

다른 것을 생각할 때가 아니었다.

보다 강해지는 것.

지금의 그가 행할 수 있는 것을 한다. 그는 누구보다도 자신의 상황과 처지를 잘 알고 있었다.

쉬이익!

퍼어엉!

휘두르는 용아창의 전면에서 공기가 터져 나갔다.

뻗어 나간 경력, 발경의 묘리가 완벽하게 살아난 일수였다.

허공에 전개한 무공이었으나, 누군가가 그 앞에 있었다면 살아남지 못할 것이 분명할 만큼 지닌 힘이 무척이나 강렬했다.

그러나 그런 강렬한 무공을 전개했음에도 강비의 표정은 좋지 못했다.

'이런……'

퇴보라는 두 글자가 머리를 스쳤다.

마치 천랑군주를 상대했던 그때처럼.

제어가 되질 않는다. 전개까지는 완벽했어도 그 후가 문제였다.

나아가 아무렇게나 튕겨 나가는 경력은 오히려 천랑군주와 싸울 때보다도 심각하여, 자칫 잘못하다가는 주변 경관을 망가트릴 정도였다.

다듬어지지 않은 무력은 정련된 무공과 다른 법.

힘이 강해졌다고 해서 전체적인 무력이 올라갔다고 말할 수는 없었다.

부르르.

용아창을 잡은 손이 미약하게 떨렸다.

뻗은 힘을 제어하려 했는데, 힘의 성질이 이전까지와는 판이하게 달라 반동을 심각하게 받은 것이다.

곤란한 문제였다. 며칠 집중해서 수련한다고 될 일이 아니었다.

완전히 새로운 몸, 새로운 무공을 펼친 것과 같다.

신세계에 들어선 만큼 아직 배우고 익혀야 할 것들이 너무나도 많았다.

문제는 하나 더 있었다.

혼란.

결국 변모한 육체와 기의 연장선이라고 봐야겠지만, 무시무시한 혼란이 엄습했다.

갈 길을 잃은 느낌이랄까.

스스로에 대한 확신이 없으니 펼쳐 내는 무공에는 온갖 파탄이 다 드러난다. 몸 상태는 좋아졌으되, 그 이상을 바라보기가 어려웠다.

이전에는 이런 적이 없었을까?

아니다. 있었다.

혼란스러웠고, 그 상황을 타파하기 위해서 얼마나 몸부림을 쳤는지 모른다.

하나 지금은 또 달랐다.

길 자체가 보이질 않았다.

산봉우리에 오르려면 절벽을 짚든 발로 걷든 어떻게 해서라도 나아가야 마땅한데, 안개에 휩싸여 한 치

앞을 내다볼 수가 없었다.

막막하여 뚫고 나아갈 수가 없을 듯했다.

혜정 대사는 그에 대해서 가타부타 말이 없었다.

스스로 이겨내라는 것일까?

그저 바라보고, 펼치는 무공을 본 뒤 임 의원과 차를 마시는 것이 전부였다. 땀을 흘리며 열성적으로 무언가를 하는 사람은 강비뿐이었다.

그렇게 닷새가 지난 후.

그는 접근 방법을 달리했다.

'뭘까? 어디서 막히고 있는 것이지?'

무조건 몸으로 움직이는 것보다 참오를 거듭하는 것.

시기에 맞는 수련 방법이 중요하다.

그는 그것을 깨달았다.

머리로 아는 것과 가슴으로 아는 것은 완연히 다른 법.

이름 없는 산의 정상에서 탁 트인 전경을 바라보며 생각에 잠길 때가 많았다.

그러나 아무리 집중력이 좋다 해도 어찌 하루 종일 무공만을 생각하며 살 텐가.

심지어는 아무리 궁리를 해보아도 안개가 걷히지 않으니 답답함만 쌓여갔다.

멍하니 세상을 바라보는 시간이 늘어나고, 밥을 거를 때도 있었다. 스스로에 대해 생각을 정리한다기보다 그저 흐르는 대로 갉아먹는 시간이 대다수였다.

"저대로 두면 안 되지 않겠습니까?"

임 의원의 한마디였다.

자신의 집에서 계속 기거하는 두 사람을 보고도 그는 아무런 내색을 하지 않았다.

여전히 환자로서 강비를 걱정하는 것일까?

지혜 깊은 두 눈에 안타까움이 서린다.

혜정 대사는 피식 웃었다.

"안 되겠지."

"하면 무엇이라도 단초를 내주시지요?"

"지금은 아니야."

"예?"

"물론 내가 나선다면 빠르게 해결할 수 있는 문제겠지. 억지로라도 깨닫게 해줄 수 있어. 하지만 그래서는 진짜로 자기 것이 되질 않아."

"자기 것이 되질 않는다……."

"어떤 분야에서든 직접 경험하고 박살이 나야 피와 살이 되는 법이야. 스승이 필요할 때와 자립으로 일어설 때가 있어. 보니 저놈, 스승 없이 지금의 경지를 구축한 것 같은데, 여기서 내가 손댔다가는 탄탄한 반석을 쌓지 못해."

"오히려 스승 없이 컸으니 더욱 도움을 줄 수 있는 부분 아니겠습니까?"

"도움을 줄 수 있는 부분은 이미 지났다는 얘기야. 혼자서 컸으니 모르고 지나친 것들이 많겠지. 그런 거야 내가 챙겨줄 수 있어. 하지만 지금과 같은 부분에선 안 되지."

혜정 대사의 눈에서 번쩍이는 빛이 새어 나왔다.

"경계를 넘어서는 중요한 단계야. 천외천(天外天)의 초월적인 무신(武神)의 경지에 도달하게 될지, 넘지 못해 폐인이 될지는 전적으로 저놈 역량이지. 그러한 때다, 지금은."

무신의 경지.

누구에게나 다가오는 깨달음의 벽이다.

그러나 지금 강비에게 찾아온 마벽(魔壁)은 인생

그 어느 때보다도 가혹한 시기였다. 발판을 딛고 창공으로 솟을지, 퇴보하여 그저 그런 무인으로 살게 될지 여기서 판가름이 나는 것이다.

깨달음은 순간이다.

'극복해 보아라.'

저런 젊은 나이에 이토록 수준 높은 경지에 부딪치게 된 것도 충분히 놀라운 일이었다. 고금에 있어 저 나이에 저만한 경지를 깨우친 자, 손가락에 꼽히리라.

그러나 이것은 단순한 무(武)의 깨달음이 아니었다.

그런 경계였다, 지금 강비가 선 경계는.

무도(武道) 역시 사람이 걷는 길.

무공의 탈바꿈이란 결국 사람의 탈바꿈인 법.

그런 것은 누가 가르쳐 준다고 되는 것이 아니다.

고뇌하고 또 고뇌하며, 괴로워하고 또 괴로워해야 가시밭길의 시작점이나마 겨우 보이게 될 터였다.

따스한 태양이 쏟아지는 산봉우리 정점에서…….

강비는 깊고 깊은 고민에 빠져들었다.

　　　*　　　　　*　　　　*

　파아앙!

　뻗어내는 주먹에서 날카로운 발경이 흘렀다.

　여린 여인의 주먹이라고는 생각하기 힘들 정도로 막강한 힘이다. 틈을 비집고 쑤시는 기의 흐름이 놀랍도록 정교했다. 더불어, 경력 속에는 내부에서 폭발시키는 살인적인 구결들이 한가득이었다.

　일권으로 바위조차 박살 낼 수 있을 듯했다.

　그러나 그러한 주먹으로도 섬섬옥수(纖纖玉手)의 손짓 하나를 뚫지 못했다.

　후아아앙!

　가볍게 휘돌리는 손에 파괴적인 권경이 흩어졌다. 위력으로 상대한 것이 아니라 애초에 맥점을 끊어놓아 경력을 흐트러트린 것이다.

　순간적으로 상대의 무공을 파악할 수 있는 안목이 없다면 불가능한 수법이었다.

　파아앙! 파아아앙!

　연신 공기를 터트리며 나아가는 주먹.

그리고 저돌적인 공격을 부드럽게 막아가는 손이었
다.

얼마나 지났을까.

새하얀 손 주위로 눈꽃송이가 환상처럼 어리는 듯
했다. 차가운 바람이 불어와 풍성한 힘을 아낌없이 전
방으로 밀어냈다.

"쳇!"

타격을 입은 것도 아니다. 거의 밀어버린 것에 가까
운 일수였다.

무려 삼 장이나 밀린 민비화가 자신의 주먹을 어루
만졌다.

"일격을 성공시키지 못하네요."

"그래도 제법 매서웠어요, 마지막은."

여유롭게 웃으며 말하는 백단화였다.

민비화는 놀라고 또 놀라는 중이었다.

아무리 주신문법과 법신장체를 완성시키지 못했다
곤 하지만, 그 두 가지는 법왕교 사대절학에 속하는
뛰어난 공부다. 그것을 이토록 여유롭게 막아내고 밀
어낸다. 보통 고수로는 감히 불가능에 가까운 실력이
었다.

"백 단주의 천녀설풍장(天女雪風掌)은 언제 봐도 대단해요. 무척이나 아름답고요."

"과찬의 말씀이세요."

아름답게 웃는 백단화였다.

천녀설풍장.

옛날부터 법왕교에 속한 무공은 아니지만, 그 심오함과 유려함은 천하에서도 손꼽히는 장공(掌功)이다.

일견 부드러워 보이지만 격중당한 상대는 심맥이 얼어붙고 내부가 박살 난 채 처참하게 생을 마감하게 되는, 무서운 무공이기도 했다.

"한 번 더 할까요?"

"아뇨. 괜찮아요."

무턱대고 밀어붙이지 않는다. 민비화는 그것을 알고 있었다. 이전보다 훨씬 성숙하고 강해진 심신이었다.

민비화는 땀에 젖은 얼굴을 훔치고는 저 높은 곳을 바라보았다.

그다지 높다 하기 힘든 산봉우리다. 고즈넉한 분위기의 산은 따가운 바람을 맞으며 자지러지는 신음을 토해낸다. 운치 있는 산이었다.

'한 번 올라가 볼까?'

문무(文武)에 있어 어려움을 느꼈을지언정 돌파하지 못한 적이 없지만, 이런 문제는 참으로 어려웠다.

사람을 대하는 일.

되기만 한다면 주먹질을 해서라도 데려가겠지만, 그것조차 지난한 일이니 답답함을 금할 길이 없었다.

그녀는 한 달 전에 만났던 그와의 대화를 생각했다.

"여기는 또 어쩐 일이야? 어떻게 알고 찾아왔어?"

시큰둥한 반응이었다. 상대방으로 하여금 묘하게 울화를 품게 만드는 힘이 강비에게는 있었다.

"찾아오면 안 되나요?"

"안 될 건 없지만, 기분이 좋지는 않군. 서로 얼굴 봐서 좋을 사이는 아니잖나?"

"과거에 일어난 일은 다 털지 않았나요? 생각보다 속이 좁으시군요."

"날 자극해서 뭔가 이루려는 거라면 별로 좋은 판단은 아닌 것 같은데. 죽고 싶은 게 아니라면 말이야."

"몸이 많이 망가졌군요. 지금이라면 세 합 안에 이길 자신이 있는데, 어떤가요?"

"인정하지. 하지만 저 평상에 앉은 노인네가 누군 줄 안다면 함부로 까불 생각은 하지 말도록 해. 내가 세 합 안에 박살 나기 전에 니 머리통이 먼저 사라질 거다."

"호가호위(狐假虎威)인가요? 답지 않게 치졸하군요."

"당장 죽게 생겼는데 호랑이든 뭐든 등에 업혀야지 어쩌겠어."

"다른 건 몰라도 그 입은 여전하네요."

"원래부터 입신(入神)의 경지였어, 내 혓바닥은."

"그러네요. 무공은 포기하고 그쪽으로 가닥을 잡는 건 어떤가요?"

"슬슬 지루해지는데 말장난은 이쯤하지. 시간이 아깝군. 찾아온 이유가 뭐야?"

본래의 목적을 잊고 상대를 자극해 버렸다. 그만큼

민비화도 자극을 받았다는 뜻이었다.

그녀는 가볍게 호흡을 골랐다.

"좋아요, 단도직입적으로 말하죠. 내가 속한 단체, 알고 있죠?"

"법왕교."

"잘 아네요."

"이쪽도 손가락만 빨면서 있던 건 아니니까."

"이쪽이라 함은 암천루라는 조직을 말하는 거겠죠?"

"잘 아는군."

"당신 말마따나 우리도 손가락만 빨고 있진 않았어요."

"그래서, 하고 싶은 말은?"

"법왕교. 사대마종 중 하나라는 단체로 알려져 있다죠. 그다지 유쾌하진 않지만, 당신들이 우리에 대해 조사를 해봤다면 우리가 어떤 단체인지 제법 알 거라고 생각해요."

"초혼방, 비사림, 무신성, 그리고 법왕교. 사대마종이라 불리는 새외의 거파(巨派)들. 하나하나가 구파에 필적하거나 그 이상의 무력을 소지한 문파들이라

들었다. 그중 초혼방과 비사림은 사악함이 하늘에 닿았다 했고, 무신성은 무예에 미친 종자들만 속한 곳이라 했지. 법왕교는 새외 밀교(密敎)의 후신으로 삿되다는 평은 없었다."

"생략은 많이 됐지만, 전반적으로 크게 틀리진 않아요."

"각기 개성이 넘치긴 하더군."

"법왕교는 명왕(明王)의 가르침을 받아요. 교리(敎理)가 그렇죠. 백련교와는 비슷하지만, 또 완전히 달라요."

"알고 있어. 나도 백련의 후신은 아닌가 생각했지만, 다르더군. 조금 더 무파(武派)의 성질이 강하다는 느낌이었다."

"맞아요. 게다가 당대 교주님께서는 굉장히 자유로운 분이시죠. 교리를 따르지 않아도 마음이 있다면 교내에서 활동이 불편하지 않아요."

나른하던 강비의 눈에서 은은한 광채가 발해진다. 민비화는 강비가 자신이 말한 의도를 깨달았다는 걸 알았다.

"그래서, 날 그쪽으로 영입하시겠다?"

"맞아요."

"영입하러 온 사람을 잘못 고른 거 아닌가, 그쪽에
서는?"

"그러게요. 막말로 나도 달갑지는 않아요."

"솔직해서 좋군."

"거짓말할 이유는 없다고 생각해요."

"맞아. 나중에 더 실망하고 싶지는 않거든."

"지금 당장 가부(可否)를 결정하라는 건 아니에
요. 생각은 해보라는 거죠. 법왕교가 어떤 단체인
지, 어느 정도 역량을 가졌는지, 그리고 어떤 사상
을 가졌는지 충분히 알고 난 이후라도 늦지 않아
요."

"제법 밀고 당기기라는 걸 할 줄 아는군."

"진심이에요. 화술이 좋지 못해요, 나는."

"알았으니 이만 가봐."

"안 가요."

"뭐?"

"확답을 받기 전에는 안 가요."

"이건 또 골치 아프군. 한도 끝도 없이 기다리시겠
다?"

"계속 상기시켜 줘야죠. 대륙은 넓어요. 이번에 못 만나면 언제 만날지도 모르는데, 어떻게 그냥 가요?"

"호오? 시간이 남아나는 건 아닐 테고. 네 본심이랑 다른 걸로 봐서 누가 시켰나 보군. 그쪽 수장이 날 데려오라 시켰나? 명령이었다면 조금 더 강압적인 방법으로 나왔을 테니, 이것도 흔히들 하는 후계 수업의 일종 같은 건가?"

순간, 민비화의 눈에 이채가 어렸다.

놀라움의 빛이었다. 그저 막나가는 무인인 줄로만 알았는데, 이 강비라는 작자는 생각지도 못한 걸 짚어냈다.

단순히 강하기만 한 사람이 아니라는 것.

지혜와 직감의 대단함이 엿보였다.

뒤에 선 백단화 역시 감탄의 눈빛을 숨기지 못했다.

'후계 수업의 일환을 떠나, 확실히 영입할 만한 인재다.'

한 명의 무인으로서, 신화단의 단주로서…….

탐이 나는 인재라는 걸 부인할 수가 없었다.

"기다리려면 마음대로 기다려. 하지만 이쪽에서는 따로 할 일이 있다. 방해되지 않는 선에서라면 그쪽 마음대로겠지. 하지만 알아둬. 강산이 바뀐다 한들 굳이 당신들 쪽으로 가고 싶은 마음은 들지 않는다는 걸. 안 되는 일에 목매달지 말고 그 시간에 다른 일이나 해보는 걸 권고하지.”

당시 그는 귀찮음이 가득 묻어 나오는 말투로 끝맺음했다.

지금 생각해도 주먹질을 안 한 게 다행일 만큼 날이 선 대화였다. 지닌 능력은 대단하지만, 사람으로서 엮이고 싶은 생각은 조금도 들지 않는다.

‘휴, 어찌해야 할지…….’

답답한 마음이 인다.

무턱대고 기다리는 건 성미에 맞지 않다. 그렇다고 딱히 어떤 수작을 부릴 수도 없다.

강비가 고뇌하는 이 와중, 그녀 역시 혼란으로 가득한 스스로를 주체하기가 힘들었다.

“너무 급하게 생각하지 마세요. 몇 년의 시간이 주어진 임무인데 당장 이루려는 건 욕심이지 않을까요? 함께 지내다 보면 어떻게든 파고들 여지가 있을 거예요.”

민비화를 다독이는 백단화였다.

그녀는 가볍게 한숨을 쉬었다.

'백 단주 말이 맞아. 급하게 생각할 필요는 없어. 몇 년이 걸려도 상관이 없는 임무라면, 여유롭게 대하는 것이 낫겠지.'

그리 생각하니 한결 마음이 편해졌다. 하지만 그 와중에도 민비화는 고심했다.

'여유롭게 지내는 것과 아무것도 하지 않는 건 달라. 이렇게 지내는 동안에도 내가 할 수 있는 것을 찾아야 해. 그렇다면?'

그녀의 눈이 모종의 결의로 굳어졌다.

'가까이 다가서는 것, 그게 중요해. 인간적인 친밀감을 가질 수 있도록.'

영입하고자 하는 목표물과 친분을 쌓는 것이 선결되어야 할 과제였다. 과격한 방법이 통하지 않으니 이런 수밖에 떠오르지 않는다. 하지만 가장 중요하고 또한 어려운 방법이다.

이미 화려하다 할 만큼 서로에게 큰 벽을 세운 두 사람이었다. 가까워지기란 결코 쉽지 않을 것이다. 그런 만큼 민비화가 얼마나 노력하느냐에 따라 둘 사이의 관계는 달라지리라.

'공통점으로 다가설 수 있는 것. 무엇이 있을까?'

고민과 함께 절로 떠오르는 하나가 있었다.

무(武).

강비와 그녀의 관심사를 하나로 줄이자면 무공밖에 남는 것이 없다. 민비화의 눈이 산봉우리로 향했다.

'부딪쳐 보자.'

단순한 무림인이 아닌, 한 단체의 수장이 되어야 할 자로서.

그녀 역시 껍질을 깨기 위해 안간힘을 쓰는 중이었다.

＊　　　　＊　　　　＊

"밥이 먹고 싶군요."

물 한 모금 마시지 않고 칠 일간 홀로 방황하던 강비가 어느 날 점심쯤에 툭 내뱉은 한마디였다.

아무리 진기가 왕성한 고수라 하더라도 칠 일간의 극단적인 금식은 몸에 큰 부담을 주었다. 눈이 퀭하고 입술이 쩍쩍 갈라진 상태의 강비는 아무리 보아도 시체보다 나아 보이질 않았다.

그럴 줄 알았다는 듯 임 의원은 멀건 죽을 내놓았다. 강비는 아무런 말도 없이 죽을 세 그릇이나 비웠다. 위장에 무리가 갈 것 같았지만, 이미 오장육부의 모든 것을 통제할 수 있는 강비인 만큼 크게 문제될 것은 없어 보였다.

"뭔가 가닥이 잡혔는가?"

넌지시 묻는 임 의원이다.

강비는 피식 웃었다. 힘이 없어 웃음도 웃음답지가 않았다.

"아니요."

"한데 얼굴을 보니 이전보다 훨씬 나아 보이네만."

먹지 못해 흉하게 변해 버린 얼굴이지만, 이전의 초조함은 많이 사라진 듯했다. 천천히 약동하는 의지가 그 눈에 보였다.

"오를 수 있는 곳이라면 언젠가는 오를 것이고, 떨어지려면 언제든 떨어지겠지요. 차근차근 하렵니다."

여유로움마저 느껴지는 어조였다. 머리로는 알아도

가슴으로 깨닫지 못한 자에게서는 결코 나올 수 없는 차분함이었다. 임 의원의 얼굴에도 인자한 미소가 드리워졌다.

"그러겠지. 조급해하지 말게."

"알겠습니다."

죽을 먹고 물을 마신 후, 무려 열 시진에 가까운 수면을 취한 강비는 아침부터 밖으로 나와 용아창을 쥐었다.

오랜만에 쥔 용아창. 아직 주인으로 확정되지 못한 자의 손을 타고 왕성한 신기(神氣)를 뿜어냈다.

그러자 처음 쥐었을 그때처럼 허했던 내부가 꽉 채워지는 느낌이었다. 확실히 범상치 않은 창이었다.

'해볼까?'

어깨에 힘을 뺀다.

무언가를 이룬다는 따위의 것이 아니었다.

전신을 바람에 싣는다.

할 수 있을까, 말까의 경계조차 없었다. 그저 뭔가에 흥미를 느낀 어린아이의 치기 어린 마음가짐으로…….

부드러운 손길로 타 넘어가는 현(絃) 위의 옥수(玉手)처럼 용아창을 보듬었다.

우웅.

직선으로 뻗어 나가는 용아창.

빠르지도, 힘이 있지도 않다.

무공을 익히지 않은 범부라도 똑같이 펼칠 수 있을 법한 속도요, 움직임이다.

그러나 강비의 눈은 진지하게 빛나고 있었다.

'달라졌다. 하지만 이건 아니야.'

며칠 시체처럼 웅크려 있었다고 무공이 성장한다면 세상에 고수 아닌 사람 없을 것이다. 그는 그것을 인정했다.

강호를 살아가는 대부분의 무인들이 평생을 수련해도 도달하지 못할 경지를 강비는 그 어린 나이에도 돌파한 바가 있었다.

피를 토해내는 노력이 있었다지만, 그 또한 운이라면 운이다. 그런 운을 이번에도 바란다는 것 자체가 염치없는 짓이었다.

'다시.'

우웅, 우웅.

천천히 뻗었다가 다시 천천히 회수된다.

미세한 진동조차 없이, 깔끔하게 일자로 뻗어 나간 창은 무척이나 곧고 아름다워 보였다. 그러나 강비는 자신이 펼친 식(式)의 아름다움을 감상할 정신이 없었다.

'다시.'

우우웅.

'다시!'

우우우웅.

한 번씩 펼칠 때마다 그의 이마에서 흐르는 땀은 굵어져만 갔다.

그토록 느리기 짝이 없는 동작.

수백 번을 질렀을까, 수천 번을 질렀을까.

하루가 지나고 이틀이 흘러 사흘, 나흘째까지.

수를 헤아리기도 힘들 만큼 창을 지른 강비였다.

처음에는 느리게, 그러나 이틀째 되던 날은 빠르게, 지금은 첫날보다도 훨씬 느리게.

어느 순간에서인가…….

호구가 찢어져 피범벅이 된 오른손에서 창의 감각

조차 느끼지 못하게 되었을 무렵…….

창술의 기가 변했다.

질러도 공기가 밀리지 않고, 기세가 느껴지지도 않았다. 혼신의 힘을 다해 진기를 쏟음이 분명할진대, 마치 아무것도 쥐지 않은 것마냥 소리도, 기세도 없었다.

무척이나 신기한 일.

땀내가 진동하는 가운데, 강비의 핏발 선 눈동자가 다시금 찬란한 광채를 뿜었다.

'다시!!'

파아앙!

느릿하게 나아가는 창에 소리가 없고 기세도 없거늘, 끝까지 뻗어내는 순간, 창날의 끝에서 기묘한 파공음이 터졌다.

'이거다!'

파아앙! 파아앙!

열 번, 스무 번을 질러도 같다.

이 감각, 이 흐름.

이제껏 겪어보지 못했던 무언가가 몽롱하던 뇌리를 강타했다.

강비의 몸에 전율이 흘렀다.

언제부터였을까.

홀연히 나타난 혜정 대사가 강비의 창질을 보며 고개를 끄덕였다.

"괜찮군."

괜찮다.

평범한 사람이라면 이만한 경지에 오르지 못한 무인이라도 이게 무슨 소리인가 싶을 말이었다. 그러나 혜정 대사의 신안(神眼)은 그 움직임 속, 진기의 흐름을 포착할 수 있었다.

너무나도 늦지만 제대로 된 길을 찾아가는 진기였다. 무공을 펼침에 있어 파탄이 드러나지 않았다. 누구나 동일한 동작을 반복할 수 있을지언정, 이 정도로 거센 힘을 유려하게 펼쳐 내기란 지난(至難)한 일이리라.

그것을 해냈다 함은 앞으로의 경지를 향해 한 걸음을 내디딘 것과 진배없는 것.

"깨달음이 없다곤 했지만, 뭔가 얻긴 얻었군."

"아무것도 얻지 못했습니다."

"아무것도 얻지 못함을 아는 것, 가장 큰 걸 얻었

군. 축하하네."

그 무엇도 바라는 것 없이, 그러나 무의식적으로 뭔가를 이루려는 욕망을 숨기지 않은 채 부담을 없앤 그의 눈앞에 드러난 진실은, 평생 땅을 달려봤자 결국 창공을 날 수 없다는 사실 하나였다.

깨달음이란 별게 아니다.

평범한 일상 속, 그저 사소한 것 하나를 바꿈으로써 모든 것이 바뀔 수 있는 것이다. 스스로 진실되어 뭔가를 달리 받아들일 수 있다면, 그것이 곧 깨달음이라 할 수 있을 터.

별거 아닌 것이 깨달음이지만, 또한 그 별거 아닌 것을 얻는 과정은 힘이 들 수밖에 없다.

"그렇게 계속해 봐. 아직은 요원하지만, 잘못 잡은 것 같지는 않군."

일대 종사, 입신의 경지에 든 혜정 대사의 한마디라면 크나큰 힘이 될 수 있을 터. 그러나 이미 스스로에 확신을 한 강비이기에 그 말도 담담히 받아들일 수 있었다.

그때부터 다시 이어지는 연공이었다.

그의 연공은 내상을 입었을 때와 크게 다를 바 없었

다. 하루 대부분을 좌선운공으로 보내고, 병장기를 쥐는 시간은 채 반 시진도 되지 않았다.

명상과 참오의 시간.

이전까지의 강비를 만들었던 것이 역동적으로 움직이는 능동의 수련이라면, 지금의 강비가 오를 곳은 정적인 수동의 수련이었다. 그는 가슴으로 그 차이를 알았다.

그러니 하루에 한 번씩 올라오는 민비화와 백단화도 그와 말을 섞기가 힘들었다. 힘차게 땀을 흘릴 수 있다면 한판 시원스레 어울려 볼 텐데, 명상에 들어서면 끼니조차 거른 채 몇 시진을 보내는 강비였으니.

결국 한두 마디 대화라도 나눌 수 있는 것은 혜정 대사나 임 의원뿐이었다.

처음 혜정 대사를 본 두 여인은 크게 놀랐다. 경악이라는 표현조차 부족한 감이 있었다.

백단화는 지닌 경지가 선사한 눈으로, 민비화는 주신문법의 혼안(魂眼)으로.

혜정 대사가 가진 힘과 그 크기를 보았다.

"구주천하(九州天下)에 드넓은 명성 익히 들었사옵

니다. 이리 뵙게 되어 영광입니다. 소녀는 백단화라
합니다."

적아를 떠나 무인으로서 존경 받아 마땅할 위치에
있는 혜정 대사였다. 그는 껄껄 웃으며 그녀의 인사를
받았다.

"젊은 처자가 실로 대단하도다. 어찌 그 젊은 나이
에 그만한 경지에 올랐을꼬? 장강의 고사(古事) 따위
무슨 헛소리인가 싶었건만, 이거야 원 세월의 무상함
을 이리 느끼는군."

무도(武道)에 먼저 발을 디딘 선배로 대우해 주니,
이쪽도 후배로서 대해주겠다.

다른 누구도 아닌 천무대종 소림신승이라 불리는
혜정 대사의 입에서 나온 말이었다.

극찬에 가까운 말이라 할 수 있을 터.

백단화의 얼굴이 기쁨과 황송함으로 물들었다.

"감당키 힘든 말씀입니다."

"설화(雪花)의 맥(脈)을 이었군. 설화무(雪花武)는
드넓은 중원 대륙을 넘어 바깥 동네를 아울러도 비견
할 만한 것이 몇 없는 현묘함으로 이름 높지. 자네 같
은 후인(後人)에게 이어졌다니, 조종(祖宗)도 크게

만족하겠어."

단번에 백단화가 익힌 무공의 종류까지도 파악해내는 신안(神眼)이었다. 그러나 그녀는 혜정 대사의 능력보다도 그의 안목에 놀랐다.

설화무, 당금에 아는 자가 없다 해도 과언이 아닌 절학이기 때문이었다.

"석년에 한 중년 미부를 본 바 있었다. 세상에 나서지 않았지만 지닌바 힘이 실로 일대 종사라 불리기에 부족함이 없었어. 저 섬서 부근이었던 듯싶은데, 차 한잔하면서 세상 돌아가는 얘기도 곧잘 했더랬지."

"스승님을… 뵌 적이 있으신지요?"

혜정 대사가 인자한 미소를 지었다.

"참으로 현숙한 부인이라 기억한다. 그 부군(夫君)되는 사람도 부인 못지않더군. 신검(神劍)의 힘을 품은 사람이니만큼 그 예기를 다듬기가 보통 어려운 일이 아니었을진대, 성품이 구름과 같고 자유분방하여 도문(道門)과 이어졌다면 등선(登仙)도 노려볼 만했을 게다."

백단화의 눈가가 살짝 떨렸다.

스승은 세상의 표면에 나서지 않은 은자(隱者)였지만 스승의 부군 되는 분께서는 결코 그렇지 않았다. 천하를 방랑하며 무수한 싸움을 벌였으되, 홀연히 깨달음을 얻었는지 강호를 떠난 또 하나의 전설과 같았다.

수십 년간 천하를 방랑한 혜정 대사. 그 안목이 뛰어날 수밖에 없는 이유가 달리 있는 것이 아니었다.

"그리고 이쪽은……."

혜정 대사의 눈이 마침내 민비화에게 향했다.

민비화의 몽롱했던 눈이 풀렸다. 그녀는 화들짝 놀라 인사했다.

"신승께 인사드립니다. 소녀 민비화라 합니다."

"법왕교의 작은 주인이시군."

그녀의 눈에 작은 긴장이 어렸다.

백단화는 어떨는지 몰라도 자신은 법왕교의 소주, 작은 주인이다.

중원에서 사대마종이라 부르는 단체들 중 하나인 만큼 혜정 대사가 어찌 볼는지.

하지만 그녀의 걱정은 아무런 쓸모가 없었다.

호탕한 웃음을 짓는 혜정 대사였다.

"하하하! 이거야 원, 세상에는 인재가 이리도 많았구나. 직접 보니 상상 이상이다. 이만하면 교주도 후인 하나는 제대로 고른 셈이야. 당대 비사림이 사문(四門) 중 제일 거세다 했건만, 그것도 마냥 믿을 만한 소문은 아니었군. 법왕교에는 인재들이 많기도 하다."

재능을 가진 젊은이를 본 장인의 호의가 엿보였다.

"그리 긴장할 것 없다. 법왕교라 하여 적의를 드러낼 작정이었다면 제아무리 과거 인연이 이어졌다 한들 앞의 아이와 이야기나 섞었겠는가?"

틀린 말은 아니었다.

"신승께서는 저희를……."

"고깝게 보지 않느냐고? 내가 꼭 그래야 하나?"

"아닙니다. 그건 아니지만, 아무래도……."

차마 뒷말을 잇지 못하는 민비화였다. 아무리 일대 재녀로서 법왕교의 후계 자리를 꿰찼다지만, 이미 초월자의 영역에 들어선 혜정 대사 앞에서는 언행에 조심이 있을 수밖에 없었다.

"네 마음을 안다. 상대의 마음을 능히 헤아리는데 어찌 적이랍시고 손을 쓰겠느냐. 더불어 난 반쯤은 강호를 뜬 사람이야. 속세의 도를 좇을지언정 다툼에 관여하고 싶은 생각은 크게 없단 뜻이지. 속된 말로 얼굴 팔린 짓 아니겠냐, 이거야. 나잇살 먹어서 주워 먹을 곳도 없는 판때기에 얼굴 들이미는 것만큼 추한 일이 또 없어."

말은 승려답지 않게 거친 바가 있지만, 사람의 마음을 편하게 만드는 재주가 혜정 대사에게는 있었다. 실제 마음은 말한 바와 달리 훨씬 선(善)한 데에 이유가 있을 터. 그것을 알게 된 민비화는 가슴이 훈훈해지는 것을 느꼈다.

"산중 생활을 하느라 고생 많았겠군. 여기 임 의원이 의외로 요리 재주가 굉장하다네. 한 번씩 와서 한 술 뜨고 가게."

자기 거처도 아닌데 집처럼 편하게 여기는 혜정 대사였다.

그러나 임 의원은 그에 익숙한 듯 한 번 웃고 말았다.

옹기종기 모여 밥술을 뜨는 네 사람.

배분이 높은 사람과 낮은 사람, 자리가 높은 사람과 낮은 사람이 있지만, 이곳이서만큼은 통용되지 않았다. 널찍한 평상에 앉아 밥을 먹는데, 평화로움만이 가득했다.

백단화는 따끈한 밥을 먹으며 저 멀리 가부좌를 튼 강비를 바라보았다.

평안한 안색이었다. 깨달음을 얻은 도인의 얼굴과는 거리가 멀지만, 세상 어디라도 단숨에 날아갈 듯 충만한 자유가 한껏 드러났다.

그녀는 나직이 감탄했다.

"강 공자의 성취는 대단하군요. 처음 볼 때와는 완전히 달라요."

간만에 맛보는 뜨끈한 쌀밥에 정신이 팔린 민비화는 애초에 강비를 쳐다보지도 않고 있었다.

혜정 대사가 끌끌, 웃으며 그녀의 말에 답했다.

"스승의 덕이 제자에게도 이어진 게지. 자질이 없었다면 감히 이만큼 오지도 못했겠지만."

"스승이요?"

한껏 궁금함을 드러내는 백단화였다.

그럴 만도 했다. 그녀 역시 스승에게서 온갖 영약과

가르침을 받으며 지금의 경지를 이룩했다. 그녀와 서너 살 차이밖에 나질 않는 강비는 스승도 없이 컸다고 하였으니, 그의 자질이란 범상치 않은 정도를 넘어 하늘이 내렸다 해도 과언이 아니었다.

그러나 스승의 탄탄한 가르침이 없었다면 제아무리 천재라도 가능한 영역이 아닌 만큼, 이만한 제자를 키운 스승은 어떤 사람인지 절로 궁금함이 일었다.

"광무라 하지."

"광무요?"

"광무. 무도(武道) 역시 도이니, 진인이라 불리기에 부족함이 없어. 광무 진인. 화산의 사람이다."

그 말에 백단화만이 아니라 민비화조차 놀랐다.

광무 진인. 그녀들이 이제 갓 무공을 익히기 시작할 무렵에 차기 장문 후보였음에도 스스로 단전을 폐한 후 산문을 뛰쳐나와 천하를 떠돌았다는 일세 기인이었다.

혜정 대사 못지않은 전설.

화산무제 소요자가 무릎을 치며 천재라 불렀던 이.

당대 화산파 장문인의 사형이 되는 사람이 바로 광무 진인이었다.

"화산의… 사람이었군요."

"그렇지. 그렇다고 화산파의 사람이라고 하기에는 어폐가 있어. 광무는 스스로 파문을 자처하며 세상으로 나갔으니, 그저 광무의 일맥이라 보면 될 것이다. 화산, 산의 사람이라 할 수는 있어도 화산파와 직접적인 연관은 없다 볼 수 있겠지."

아무리 그래도 그런 인연이 쉬이 이어지진 않았을 터다.

민비화의 얼굴이 굳어졌다.

화산의 사람.

법왕교로 끌어들이기에는 지나치게 강렬한 이름이었다.

다름 아닌 구대문파이기 때문이다. 화산파는 그런 구파들 중에서도 소림, 무당과 함께 수위를 다투는 검파(劍派)가 아니던가.

알면 알수록 놀라운 사람이다. 물론 그것이 좋은 의미는 아니었지만.

"전장에서 활동했나 봅니다."

"맞아. 지금이야 신공의 성취가 있어 혈향을 제법 걷어냈다지만, 그 익숙함이야 평생을 따라다닐 게다."

"한 번 대무(對武)를 해보고 싶어요."

민비화는 뜻밖의 표정으로 백단화를 보았다. 항상 현숙한 분위기를 보이던 신화단의 단주다. 그런 그녀의 눈동자에서 모처럼 무인의 투지가 빛나고 있었다.

비슷한 나이, 비슷한 경지를 구축한 사람을 처음 본 그녀였다. 완숙에 이른 경지라 하나 그녀 역시 한 사람의 무인인 것이다.

"허허, 또 치료할 사람이 늘어나겠군."

임 의원의 한마디였다.

치료를 받게 될 사람이 누가 될까?

비록 나아가는 속도가 빠르다지만, 아직 밑바닥을 다지는 상태인 강비인 만큼 백단화가 한 수 앞설 것이 자명했다.

그러나 무인 간의 승부란 한 치 앞을 내다볼 수 없는 것.

한 수의 차이는 영원이 바뀌지 않을 차이가 될 수

도, 한순간에 바뀔 차이가 될 수도 있다.

백단화의 눈에 강비의 모습이 시리도록 박혀들었다.

날카로운 눈매에 고집스럽게 닫힌 입이 절대로 타협하지 않을 것 같은 성정을 보여주지만, 산뜻하게 일어선 눈썹과 선선한 분위기를 보건대, 결코 악인이라 할 수는 없을 것 같았다.

오로지 무(武)에 정진하는, 고집스러운 자.

그녀의 가슴이 강비를 담아 뜨겁게 타오르는 것도 무리가 아니었다.

'여기야. 달라진다.'

강비는 깨달았다.

운공좌선.

명상과 참오.

할 만큼 했다.

몸이 말하고 있었다.

스스로가 발한 목소리를 들을 준비가 그는 되어 있었다.

강비는 직접 깎은 목봉을 들었다.

용아창은 놔둔다. 어쩐지 손에 잡히지 않는 까닭이다.

처음 쥐었을 때 신병이기의 묵직함과 예기에 놀랐고, 그에 흥분하지 않았다면 거짓이리라.

그러나 어쩐지 평생을 같이 보낼 친우가 되리라는 생각은 들지 않았다. 엉망이 된 중단전과 하단전을 완벽하게 복구, 거기서 멈추지 않고 오히려 그릇을 넓힌 이후에는 상단전까지도 확장시킨 강비였다.

불가(佛家)의 천안통(天眼通)과는 다르지만, 그 역시 천기(天氣)를 받아들이기 시작한 몸.

인연이 닿고 안 닿고를 감각으로 느낄 수 있는 것이다.

물론 단지 그런 이유로 창을 잡지 않은 것은 아니었다.

'확인해 봐야 한다.'

명상으로 구상했던 것. 아니, 구상이 아니라 불현듯 찾아온 그림이라고 봐야 할 것이다.

그는 힘차게 목봉을 뻗었다.

우웅.

공기가 가늘게 떨린다.

완벽하게 갈무리된 진기, 철보다 연약한 목봉이지

만, 강비의 강렬한 진기를 담으면서도 부서지지 않았다. 오히려 진기의 효능으로 더할 나위 없는 신병처럼 단단히 변했다.

진기의 수급과 효능 발휘에 있어서는 큰 문제가 없다. 가닥을 잡은 이후 자유자재로 통솔이 가능해진 기(氣)였다.

또 다른 경지에 든 기공.

그는 당연한 것처럼 자신의 능력을 받아들였다.

문제는…….

'여기서다.'

뻗어 나간 목봉의 기세는 이전과 완전하게 다른 위력을 보여주고 있었다.

평범해 보이지만 일격에 바위도 으스러트릴 수 있으리라.

하지만 위력에 현혹될 때가 아니었다.

투로.

그 자체로 완성된 투로였던 광룡창식이 변화를 보이고 있었다. 더 나아갈 길이 있다면서 속삭여 주는 것 같았다.

강비의 손이 사선으로 휘둘러졌다.

때마침 떨어진 나뭇잎 하나가 목봉에 스쳐 땅으로 떨어졌다.

두 가닥으로 쪼개진 채.

자신도 모르게 목봉에 예기를 세운 것이다. 전장의 칼부림처럼 적장의 목을 단숨에 베어버렸던 그때의 기억이 강비의 머리를 채웠다.

'이건?!'

충격적이다.

스스로 펼쳐 놓고도 이게 가능한가 싶었다.

환상처럼 들려오는 기마병의 말발굽 소리.

이 빠진 창을 내던지고 한 자루 두터운 검을 들었던 그때의 웅지(雄志)가 솟는다.

일격에 적을 베고, 말을 거꾸러트렸던 과거의 기억이었다.

적을 참(斬)하는 투로다.

강비는 홀린 듯 목봉을 양손으로 잡고 휘둘렀다.

느릿하던 속도가 순식간에 빨라졌다.

마치 최면에 걸린 것처럼 전장 한복판에서 휘두르는 온갖 병장기(兵仗器)가 목봉 안에 걸리고 있었다.

수십 근은 나갈 듯한 무거운 참마도(斬馬刀)가 말의 목과 적의 몸까지 통째로 갈랐다. 빠르고 격정적인 단창(短槍)은 뱀처럼 움직이며 적의 심장을 꿰뚫었다.

뿐이랴.

한 자루 비수(匕首)로 적진에 침투해 적장과 병사들의 목을 가른다.

상대에게서 뺏은 만도(蠻刀).

바닥을 뒹굴어 말의 발목을 여지없이 잘라냈다.

그 외에 구겸창(鉤鎌槍), 방천극(方天戟), 양인부(兩刃斧)는 물론이거니와, 소도(小刀), 삼절곤(三絕棍), 구절창(九絕槍), 대검(大劍), 자모원앙월(子母鴛鴦鉞), 철편(鐵鞭) 등등 전장에서 볼 수 있는 병장기는 물론, 무예를 익히는 데에 쓰이는 온갖 병장기까지 목봉의 흐름 안에 전부 담겨 있었다.

한 번 터진 물꼬는 쏟아지는 폭포처럼 그 안에서 깨우침을 드러냈다. 손을 탔던 모든 병기가 광룡식이라는 무공 아래에 그 투로를 살벌하도록 깔끔하게 살려내고 있었다.

어떤 병장기든 식(式)으로 화(化)했다.

혜정 대사와의 대화가 떠올랐다.

"두 무공이 진짜 대단한 것은, 완성되지 않았기 때문이다."

"완성되지 않았다니요?"

"이미 그 자체로도 천하에서 최고위를 논하지만, 발전시킬 여지가 남아 있다는 뜻이다. 그 발전이란 무공 자체의 수준을 뜻함이 아니다. 받아들이는 자가 스스로 깨우쳐 갈 수 있는 여지를 남겨두었다고 봐야 하겠지."

완성되지 않은 무공.

그것은 무공에 파탄이 있다는 뜻이 아니었다.

지금 강비가 깨닫고 나아가는 것처럼, 또 다른 모습으로 변모할 수 있다는 것.

무인에게 나아갈 길을 선(線)으로 그려내다니, 기가 막히다고 할 수밖에.

그리고 마침내……

모든 병장기의 움직임이 한 점을 향해 하나로 귀결

되기에 이르렀다.

그것은 검(劍).

예부터 만병지왕(萬兵之王)이라 불리던 병장기.

광무 진인, 본인이 화산 검문의 사람인 이유였을까. 목봉을 한 손으로 쥐고 신들린 듯 휘두르니 꿈틀거리는 힘은 미친 용의 화신, 그 자체였으나 파릇한 나뭇잎을 희롱하는 봉첨(棒尖)에선 무시무시한 예기와 화려한 검예(劍藝)가 터져 나왔다.

어느새 사방을 매운 검향(劍香).

피비린내 나는 전장의 무공을 펼치는 와중에도 현란하고 세밀한 검격(劍擊)이 십방(十方)을 점했다.

"화산검공(華山劍功))……!"

저 멀리서 이 믿기 어려운 기사(奇事)를 지켜보는 혜정 대사의 입에서 감탄이 흘렀다.

언제 강비가 화산파 정통 검예를 견식이나 해보았겠는가.

그럼에도 그가 펼치는 광룡식에서는 화산의 무수한 검법 절기들이 모습을 드러냈다. 마치 옛날부터 익혀온 무공처럼 완숙에 이른 손놀림이 놀라울 따름이었다.

자유자재의 무공, 광룡식.

그것만 깨달아도 놀라울 따름인데, 거기에 근본으로 다가가 화산의 무공까지 찾아낸 강비의 능력이 놀라웠다.

그렇게 믿기 어려운 기사가 반 시진 동안 계속되고…….

마침내 강비가 쥔 목봉이 천천히, 다시 한 번 탈바꿈을 시도했다.

이전 화산의 검공처럼 세밀하고 화려한 맛은 사라졌으되, 빠르고 격정적이며 장중하기 이를 데 없다.

일검(一劍)에 만살(萬殺)이다.

철의 방벽을 자랑하면서도 과격함 역시 극치에 달한다.

공수(攻守)의 조화가 궁극에 이른 실전검(實戰劍)이었다.

전장의 창 부림에서 화산의 검으로 화하였던 광룡식이 마침내 강비의 검으로 태어난 순간이었다.

한 발 나아간 것이 아니라 세 발, 네 발까지 나아

갔다.

무공 본연이 가진 잠재성을 발견하고 마침내 한 발 더 나아가는 강비였다. 무공 자체의 빼어남이 재능을 끄집어내 깨달음에 도달하게 만드는 놀라운 광경이었다.

텅!

마지막 하나의 초식을 펼치고 목봉을 땅에 박아 넣는 강비.

스스로도 얼떨결한 모양이었다.

자신의 양손을 내려다보며 그는 이 신비로움에 도취되었다가 이내 다시 눈을 빛냈다.

다가가려던 혜정 대사가 멈칫했다.

두 눈을 빛내며 자세를 잡는 강비.

야왕신권의 기수식(起手式)이었다.

광룡식이 이렇다면 야왕신권은 어떨까?

본래 야왕신권은 권법이지만 장법과 조법, 각법에 금나수까지 총망라된 전신백타의 투법(鬪法)이었다. 심지어는 그 바탕이 되었던 무공은 곤륜의 실전된 권법, 태청신권이었다.

더 이상 나아갈 곳이 있을까?

강비의 주먹이 힘차게 허공을 후려쳤다.

퍼어엉!

폭발하여 갈 길을 잃은 경력이 공기 중에 부서졌
다.

언제 보아도 호쾌한 권격이었다.

정심한 위력에 사나운 살기와 실전적인 투로가 엿
보였다.

이전의 야왕신권과 다를 바 없다. 기공의 성취로 훨
씬 강렬하고 훨씬 날카로워졌다는 것만 빼면 광룡식처
럼 별다른 변화가 보이진 않았다.

하지만 강비는 믿었다.

광룡식에서 보았던 기묘한 투로가 야왕신권에 없을
리가 없다. 광룡식 역시 더 올라갈 곳이 없을 만큼 대
단한 수준의 무공이지만, 야왕신권은 또 달랐다.

광룡식이 전신(戰神)의 잔혹한 무공이라면, 야왕신
권은 사신(死神)의 무자비한 무공이었다.

비슷한 구석이 있는 무공.

그 근원이 같다는 게 강비의 추측이었다.

그리고 그의 추측은 점차 뻗어내는 손길에서 사실
로 입증되고 있었다.

십이초(十二招) 백십식(百十式)의 태청신권을 새로이 정련하여 완전하게 탈바꿈한 것이 이십팔초(二十八招) 이백삼십팔식(二百三十八式)의 복잡다단한 야왕신권이었다. 그러한 야왕신권에서 깎아지른 듯한 절벽이 드러났다.

환상처럼 비쳐 드는 광경이었다. 웅장한 산세에 날카로운 정기가 폐부를 시원스레 만들어주었다.

서악(西岳) 화산(華山).

야왕신권이라는 희대의 권법 안에도 화산은 있었다.

비지(秘地)에 숨어든 꽃송이가 허공으로 날아올라 만개했다.

화산권법, 비형권(飛形拳)에 화형권(花形拳)이 모습을 드러내고, 마침내 이형권(利形拳)까지 고개를 쳐든다.

화산삼형(華山三形)의 출현이다.

화산 모든 권각술의 기초가 된다는 무공들. 수준이 빼어나 능히 절정이라 할 수는 없어도 기본으로는 이보다 더 좋은 무공이 드물다는 절공들이다.

그렇다면 화산삼형이 전부일까?

그렇지 않다.

치켜올려 상대의 목을 물어뜯는 수공(手功)이 어느새 바람개비처럼 돌아가 둔중하게 상대의 내부를 타격한다.

화산일절(華山一絕) 죽엽수(竹葉手)였다.

휘어 꺾이는 손목이 어느새 흩날리는 꽃잎처럼 사방을 점하니 이는 난화수(亂花手)였고, 강맹하면서도 웅장한 장세(掌勢)가 전방을 휩쓸어버리니 이는 곧 태을미리장(太乙迷離掌)의 장법이었다.

수많은 화산의 절기들이 모습을 드러내고…….

마침내 화산에서도 대공하기가 극히 어려워 당금에 이르러선 익히는 자도 찾아보기 어렵다는 수공(手功), 신악수(神岳手)가 그 찬연한 자태를 드러내기에 이르렀다.

신악수라 함은 소림의 백보신권(百步神拳), 실전된 무당의 십단금(十段錦)과 함께 구파의 전설로 내려오는 장법 절기였다.

구파의 전설적 무공이라 함은 천하 무공의 전설과도 일맥상통하니, 신악수가 얼마나 대단한 무공인지는 굳이 따져 보지 않아도 알 수 있으리라.

이때쯤에는 혜정 대사조차 놀라움을 감추기 어려

웠다.

'신악수까지! 광무여, 네 정녕 무(武)의 극의를 이뤄냈단 말이냐!'

찬탄에 가까운 탄식이 흘렀다.

화산의 모든 무공이 광룡식과 야왕신권 안에 숨어 있었다. 아니, 그것은 비단 화산의 무학에서 그친 것이 아니라 천하 무공이 그 안에 숨 쉬고 있었다.

아무리 무에 통달한 자라도 진기의 특성과 투로의 형(形)에서 완전하게 자유로울 수는 없다. 그것은 당연한 일이다.

아무리 선(善)과 도(道)를 좇아 궁극으로 나아간다지만, 수양을 쌓는 도사들마저도 개성이 뚜렷하거늘 그 성격까지 무너뜨릴 수는 없는 법이다.

광룡식과 야왕신권은 또 달랐다.

거칠고 살기가 충만한 개성은 있되 근본에 이르러서는 만 가지 무예가 숨 쉬고 있으니, 선도(仙道)로 치자면 우화등선의 영역을 넘본 것과 다를 바 없었다.

자신이 스스로 어떤 무공을 펼쳐 내고 있는지 알 수 없는 강비였다.

그저 대단한 뭔가를 드러내고 있다 생각할 뿐, 화산의 무공 하나하나를 전부 알아내기에는 그의 견문이 그리 넓지 않았다.

그렇게 광룡과 야왕을 펼쳐 낸 강비.

가볍게 숨을 몰아쉬며 두 손을 내려다보았다.

은은하게 떨리는 손을 바라보는 그의 눈은 격동으로 물들어 있었다. 여태껏 그저 뛰어난 무공이라고만 생각하던 강비였다. 그런 무공들이 부리는 조화는 곧 스승의 드넓은 깨달음과 다름이 없었다.

제자에게로 이어진 깨달음.

마치 붓을 놀려 직접 박아 넣은 것처럼 무공의 형태들이 생생하게 머릿속에서, 육체 안에서 약동하고 있었다.

"많이 얻어냈구나."

느닷없이 들리는 목소리에도 강비는 놀라지 않았다. 이미 말하기 전부터 혜정 대사가 기척을 드러냈기 때문이다.

"본래 있던 것을 제자 된 놈이 미욱하여 이제야 찾았을 뿐입니다."

"누구라도 찾아내기 힘든 길이었다. 지금에 이르러

찾아냈다 함은 그만큼 네가 노력한 결과이겠지. 준비
되지 못한 자가 어찌 열매를 얻을까."

무수한 혈전을 치르고 몇 번이나 죽을 고비를 넘
겼다. 평범한 사람이라면 평생 가도 이름 한 번 듣
기 어려운 신마주의 마기에 침습을 당한 적도 있으
며, 천하에서 내로라하는 고수들과 창칼을 맞대었
다.

누구보다도 강렬한 삶을 살아온 강비였기에, 그리
고 그 삶을 지키기 위해 끊임없이 노력을 해온 그였기
에 얻을 수 있던 과실이다.

"이제야 갖추어졌구나."

모처럼 빛나는 혜정 대사의 눈이었다.

신광 어린 눈동자 속에 드물게 피어난 그것은 무인
의 그것이었다.

이제야 갖추었다 함은 강비에게 본격적인 가르침을
내릴 준비가 되었다는 말.

혜정 대사가 말한 바를 알아듣지 못할 정도로 강비
는 모자라지 않았다.

성취감과 애상에 젖어 있던 강비에게서도 피어오르
는 분위기.

그것은 열정이었다.

"이틀 뒤에 보도록 하지. 그전까지 제법 가다듬어 놔야 할 것이다."

2.
약동(躍動)

"여기는 어쩐 일로 왔어?"

늙수레한 목소리 안에 퉁명스러움이 가득하다.

"어르신 얼굴이나 뵈러 왔지요. 듣기로 이전에 제법 손해를 보셨다고요?"

굵직한 목소리가 뒤를 이었다. 무척이나 듣기 좋은 음성에, 산을 허물 듯한 패기가 엿보였다.

노인, 서문종신이 콧방귀를 뀌며 어깨를 빙빙 돌렸다.

"마졸(魔卒) 몇 족치는 데 손해를 볼 것까지야 있나. 전성기가 지난 모양이지. 원래라면 도우러 온 놈까지 개박살을 내놨어야 정상인데, 나도 늙긴 늙은 모양이다."

"하하, 어르신께서 그런 말씀을 하시다니요?"

"진짜야. 요새는 아침에 일어날 때마다 뼈마디가 쑤신다니까. 루주한테 말해서 보약 한 첩이나 지어 먹어야겠어."

농담인지 진담인지 구분이 가질 않는 말투였다.

맞은편에 앉은 호방한 인상의 중년인은 실소를 머금었다.

"세월이 흐르긴 흘렀나 봅니다."

"세상에서 가장 무서운 무기지, 시간이라는 건."

시원스럽게 차를 마신 서문 노인의 눈이 살짝 빛을 발했다. 아직 온전한 상태로 회복된 건 아니지만, 노안(老眼) 속에 빛나는 신광(神光)은 여전히 강렬하기 짝이 없었다.

"그래서, 고양이처럼 담까지 넘어서 여기까지 온 이유는 뭐야?"

"고양이라니요. 너무하십니다."

"하긴, 네놈만 한 덩치에 고양이는 좀 그렇군. 여하간 뭐하러 왔어?"

"어르신 얼굴 뵈러 왔다니까요."

"생긴 것답지 않게 여우 대가리인 걸 나이 먹었다고 잊어 먹지는 않았어. 토해내."

"그렇게까지 말씀하시니 그냥 직설적으로 이야기해야 하나 봅니다."

중년 거한.

천하 어디를 가도 통할 이름의 사내였다. 눈앞의 서문종신에게는 공손하지만, 실제 명성을 보자면 칼을 쥔 무인들 중 중년인의 이름을 모르는 자 없을 터.

바로 산동 황보가(皇甫家)의 가주, 황보산(皇甫山)이었다.

강호 음지에 숨어 해결사 조직으로 이름이 높은 암천루에 오대세가 중 한 곳의 가주가 찾아왔다는 건 대단해도 보통 대단한 일이 아니었다.

황보산의 눈동자가 이전과는 달리 매서운 광채를 발했다. 그야말로 호안(虎眼)이라 불릴 만했다.

"이곳 암천루의 힘을 빌려도 되겠습니까?"

"뭐라?"

"정확히는 도움을 요청하는 겁니다. 어르신은 물론이고, 어느 하나 대단하지 않은 자를 찾기 어렵더군요. 분명 큰 힘이 될 것입니다."

황보산의 본심.

바로 암천루의 힘을, 일부가 아닌 전력을 빌리겠다는 것이었다.

"허, 그 정도로 사정이 안 좋으냐? 우리한테 손을 뻗을 만큼?"

어처구니없다는 듯 말하는 서문종신이었다.

충분히 기분이 상할 만도 할 텐데, 황보산의 얼굴은 진지하기만 했다.

"단순한 힘을 비교하자면 막상막하입니다. 솔직히 밀어붙인다면 저희 측이 우세하겠지요. 그러나 전투라는 것이 힘만 갖고 해결될 건 아니지 않습니까?"

"아무래도 그렇지."

"이쪽에도 술수에 능한 자들이 많습니다만, 그것도 어느 정도여야지요. 저쪽, 아주 작심을 하고 수십 년 전부터 준비를 해왔습니다. 신산귀계(神算鬼計)가 뛰어나다 한들 쉽게 뒤집을 수 있을 판이 아닙니다. 자칫하면 먹히겠죠. 이쪽이요."

"한 번 먹혀보는 것도 괜찮지 않겠어? 너네도 많이 해먹었잖아? 승하면 기우는 게 세상 이치지."

"어르신, 농담하는 거 아닙니다, 저."

"클클, 알았다, 이놈아. 만약 우리 힘을 빌린다면, 어디에 쓰려고?"

"이 조직 자체가 양지에 발을 들일 성격은 아니지 않습니까? 침투(浸透)와 암살(暗殺) 쪽에 무게를 둘 생각입니다만."

"지저분한 뒤치다꺼리를 하란 말이군."

"송구합니다. 그래서 의뢰가 아닌 부탁이라고 하는 겁니다. 충분히 어려운 일일 것 같아서요."

진심이 느껴지는 말이었다.

평소처럼 농담 따먹기를 할 상황은 아니라는 것.

말하는 내용보다 상황이 훨씬 심각한 듯했다.

"지금으로는 부족하냐? 그렇지 않아도 의뢰가 들어와서 제법 많이 헝클어줬잖아."

"그렇습니다. 굉장한 도움이 되었죠. 저희 쪽에서 몇 달이 걸릴 일을 한 달도 되지 않아서 끝내 버렸으니까요."

"그럼 계속 그렇게 가도 될 거 아냐?"

"제 말은 그것이 아닙니다. 아예……."

차마 뒷말은 잇지 못하는 황보산이다.

서문종신이 퉁명스레 답하며 그의 뒷말을 고스란히 꺼내주었다.

"천의맹인지 뭔지에 귀속해서 개처럼 일해 달라, 이거냐?"

"표현이 너무 거치십니다. 그저 모든 힘을 합쳐 함께 일하자 정도가 적당하겠군요."

"그게 그거지. 어차피 윗대가리들이 시키는 대로 움직여야 되는 거 아냐?"

"그건 부인하기 어렵군요."

"내키지는 않는데……."

"부탁드립니다. 수뇌부 측에서도 완전 귀속은 바라지 않고, 특작부대(特作部隊)로서 장(長)의 의견을 유례없이 존중해 준다고 했습니다."

"소속은 갖되, 알아서 저쪽 치들 잡아먹어라?"

"정말 어르신은 그대로시군요. 말은 좀 그렇지만, 결국 뜻은 비슷하겠지요."

"그 정도면 아무래도 귀속되는 것보다 매력적이긴 하지."

황보산의 얼굴이 밝아졌다.

"그럼, 부탁을 들어주시는 겁니까?"

"근데 말이다……."

"예?"

"너, 말할 상대를 잘못 찾아온 거 아니야?"

"상대요?"

"나는 여기서 제일 나이가 많다뿐이지, 주인은 아니야. 암천루의 루주가 따로 있단 말이다. 우리가 이놈저놈 타박을 주긴 해도 암천루에서 루주의 권한은 실로 막강하지. 루주의 선택이 없이는 루에 속한 어떤 인간도 그쪽으로 가지 않을 거다."

사뭇 진지하게 말하는 서문종신을 보며 황보산은 약간의 혼란을 느꼈다.

암천루주가 따로 있다고는 들었지만, 말 그대로 허수아비인 줄로만 알았던 그다. 서문종신의 대단함을 알고 있기에 그의 마음만 돌리면 전부 해결될 줄 알았거늘, 이게 또 무슨 소리인가.

"루주의 명령을… 받으십니까?"

"그럼 내 소속이 암천루인데 루주 명을 받아야지, 누구 명을 받아? 내 멋대로 움직이는 줄 알았어?"

"솔직히 그리 생각은 했습니다만……."

"쯧쯧, 너 완전히 잘못 생각하고 있어. 우리 루주가

어떤 사람인지 아예 알지를 못하는군."

어조는 농담이지만 눈빛에서 풍기는 기세는 결코 농담이 아니었다.

어느 때보다도 진지한 빛.

서문종신이라는 사람의 진가를 드러내는 안광이었다.

"다른 영역은 제쳐 두고서라도, 무력 하나만 봐도 나에 필적하는데 그런 인간을 제끼고 생각했나? 아무리 황보세가라고는 하지만, 정보가 너무 뒤처지는 거 아니냐?"

순간, 황보산의 눈이 접시만 해졌다.

순수한 놀라움, 놀라움 이상의 충격이 그 호안에 깃들었다.

"그, 그것이 정말입니까?"

"그럼 내가 나잇살 처먹어서 거짓말로 내 쪽팔릴 일을 알려주겠어?"

근 십 년 이래 가장 놀라운 사실이라고 황보산은 자신할 수 있었다. 다른 누구도 아닌 서문종신의 입에서 나온 말이기에 그 놀라움은 더욱 컸다.

사실 서문종신의 무력은 이런 강호 음지의 조직에

서 썩힐 만한 것이 아니었다.

구파, 그중에서도 정점을 달리는 소림 방장이나 무당 장문인에 못지않은 무력을 갖춘 자가 서문종신이라고 황보산은 믿어 의심치 않았다.

한데 그런 서문종신과 호각을 다투는 자라니…….

"맨손으로 붙으면 아무래도 내가 낫겠지. 사실 그것도 죽자 살자 덤비면 곤란해질 것 같은데. 하지만 루주가 병장기를 들면 감히 이긴다고 장담하지 못해. 가만 보자, 생사를 걸고 싸우면 칠 할의 확률로 양패구상, 경험으로 밀어붙이면 어찌어찌 내가 잡긴 잡겠는데, 이게 또 패기로 밀어붙이면 전세가 역전될지 누가 알겠어?"

"그 정도…였군요."

"내가 심심한 거 못 참긴 한다만, 그 정도도 안 되는 인물 밑으로 들어가진 않아."

"그, 그렇죠. 그렇군요. 전혀 모르고 있었습니다. 한 번도 보지 못한 인물이라……. 이거, 어떻게 대응해야 할지 곤란해졌습니다."

서문종신의 눈이 진지해졌다.

"내 너와의 연이 깊어 이리 말하는데, 루주를 함부

로 건드리지 마라. 저번 오대세가가 끼어들어서 풍비박산 났을 때 엄살을 떨면서 겨우 살아났다고 말은 한다만, 그날 나와 함께 마음먹고 무인들 다 동원했으면 적어도 두 곳 이상의 세가를 초토화시킬 수 있었어. 무슨 말인지 알아? 루주가 그날 도주를 한 것은 암천루라는 이 조직을 최소한의 손실로 막기 위함이었지, 단순히 무서워서가 아니야. 작심하고 덤비면 천하에 상대할 자가 몇 없는 인간이 우리 루주다."

단언컨대 살면서 서문종신이 이리도 높게 평가하는 인물을 보지도, 듣지도 못한 황보산이었다. 그래서인지 제정신을 차리기가 어려웠다.

"도움을 요청할 작정이라면 잘 구슬려 봐. 혹시라도 강압적으로 어떻게 해볼 생각 말아라. 싸움질을 선호하진 않아서 잘 나서진 않지만, 눈 돌아가면 천의맹이고 사대마종이고 양쪽 수뇌들부터 어떻게든 저승길로 보낼 인간이다. 루주에게는 그럴 만한 능력이 있어."

황보산은 등허리에 소름이 끼치는 걸 느꼈다.

*   *   *

"무얼 하는 걸까요?"

민비화의 물음에 백단화는 가볍게 답했다.

"수련이죠."

가벼운 답변이지만, 말에 내재된 뜻만큼은 결코 가볍지 않았다.

혜정 대사가 직접 내리는 가르침.

천하무림인이라면 목숨을 내놓고라도 받고 싶은 가르침일 것이다. 그런 기회를 잡았으니 강비에게 있어 분명 크나큰 기연이라 할 수 있겠지만, 제삼자의 입장에서 볼 때 그 수련이라는 것이 아무래도 영 마뜩찮은 면이 있었다.

강비의 전신은 푹 젖어 있었다.

아무리 한서(寒暑)가 불침(不侵)하는 절정의 고수라지만, 뙤약볕 아래서 수련에 집중하다 보면 땀이라는 것이 안 날 수가 없을 것이다.

하지만 저 정도 속도로 파리 한 마리라도 잡을 수 있을까 싶을 만큼 엉성하게 움직이는 강비를 보자면, 도대체 땀을 왜 흘리는지 의문이 안 날 수가 없을 것이다.

반대로 혜정 대사는 땀 한 방울 흘리지 않았다.

둘은 맨손으로 대련을 하고 있었다. 무인의 눈이 아니라 범부의 눈으로 봐도 피할 수 있을 만큼 느릿한 속도의 대련이었다. 주먹이 나아가면 상대 뼈마디가 성한지 성하지 않은지 죄다 확인할 수 있을 정도로 느리기 짝이 없는 속도였다.

"둔공(鈍功)일까요?"

둔공이라 함은 느린 무도(武道)를 뜻한다.

둔도제검(鈍刀制劍)이라 하였다. 느리고 무딘 칼이 검을 제압한다는 뜻인데, 후발선제(後發先制)의 무리(武理)를 담고 있는 것이다.

빠르다 하여 무조건 강한 것이 아니고, 느리다 하여 무조건 약한 것이 아니다. 어지간한 단련이 아니고서야 체득하기 힘든 무도임은 분명했다.

그러나 강비의 수준은 이미 그런 정도를 한참이나 벗어나 있다는 게 문제였다.

당장 민비화 자신만 해도 후발선제의 묘용을 깨달은 지가 오래였고, 그것을 구현할 만한 절정의 무공 역시 익힌 상태였다.

백단화는 눈을 가늘게 떴다.

혜정 대사와 강비의 수련은 분명 둔공이라 불릴 정도로 느릿하긴 했지만, 제대로 된 둔공이라 불리기에는 어려움이 있었다.

민비화는 볼 수 없지만, 백단화는 볼 수 있었다.

'엄청나구나.'

느리게 공격해 오는 상대의 공격을 막지 못하고, 반격도 못하는 것.

일견 거짓말처럼 들리겠지만, 백단화는 이 수련이 얼마나 어려운 것인지 깨달을 수 있었다.

민비화가 제아무리 법왕교 사대비전을 수련한 천재라 해도 넘어서지 못한 경지를 보고 이해하기란 불가능하다. 그 영역 안에 들어선 백단화만이 지금 두 사람의 수련이 수련이라 불릴 정도로 힘들다는 걸 이해했다.

'기공(氣功)의 겨룸이다.'

평범해 보이는 움직임 속, 보이지 않는 진기가 거미줄처럼 두 사람을 에워싸며 영역 안에서 뛰놀고 있는 것이다.

주먹을 뻗기도 전에 무형의 진기가 상대의 전신을 노리고, 상대방은 마찬가지로 진기를 이용해 그것을 막는다.

그렇다면 손과 발은 어찌하여 뻗는가.

진기로 막아내고 파헤쳐지는 와중 드러난 빈틈을, 외형(外形)인 주먹과 발로 쑤셔 넣는 것이다.

공격을 행하기 전에 살기로 적의 심장을 파괴시키는 초상승의 공부, 심인상인(心印傷人)의 경지가 이와 같을까.

그야말로 전설 속에서나 행할 수 있을 법한 공부가 두 사람의 느린 몸놀림 속에 전부 들어서 있었다.

백단화는 주먹을 꾹 쥐었다.

보는 것만으로도 대단한 공부가 되었지만, 그것은 둘째였다.

'저런 속도가⋯⋯.'

외형의 속도가 아닌, 익숙해지는 속도다.

처음에는 어색했던 강비의 진기수발(眞氣受發)이 무서울 정도로 정교해지고 있었다. 틈을 노리는 진기는 칼날처럼 날카로웠고, 막아내는 방벽은 바늘처럼 촘촘해졌다.

반 시진이라는 시간 동안 이뤄낸, 엄청난 결과였다.

이것은 무재(武才)와는 상관이 없는 영역이었다.

강비의 집중력이 인간의 한계를 벗어날 정도로 무시무시하다는 증거였다.

골격이 좋다 하여 그것을 천재라 할 것인가.

결코 그렇지 않다.

골격이란 꾸준히 무예를 수련하면 언젠가는 완벽하게 다듬어지게 되는 것이다. 그 시기의 차이가 클 뿐, 근골만으로 천재와 둔재가 나뉘지는 않는다.

강비의 저런 집중력과 끊임없는 노력이야말로 진정한 천재성의 근원이라 할 것이다.

'나라면?'

어느새 그녀는 두 사람의 수련이 몰두해 있었다.

자신이라면 어찌할 것인가.

찌르고 들어오는 저런 날카로운 진기에 어찌 반응할 것인가.

상상하는 것만으로도 소름이 돋았다, 그 무서움과 희열에.

그렇게 반 시진이 더 지나 한 시진의 수련이 모두 끝났다.

강비는 턱까지 올라온 숨을 고르며 바닥에 주저앉아 운공에 들었다.

그러나 그의 운공 시도는 곧바로 제지되었다.

"잠깐."

"무슨 문제라도 있습니까?"

"아가야, 이리 오너라."

혜정 대사가 손짓한 것은 백단화였다.

"저 말씀이신지요?"

"둘 모두 공부가 될 수 있으리라 믿는다."

한마디 툭 던지고서는 멀리 떨어져 팔짱 낀 채 두 남녀를 보는 혜정 대사였다.

갑작스럽지만 강비와 백단화는 혜정 대사의 말을 곧장 이해했다.

대무(對武), 대련을 시작하라는 뜻이다.

백단화는 약간 곤란하다는 표정이었지만, 강비는 군말 없이 일어나 그녀를 노려보았다. 말이 떨어짐과 동시에 임전 태세에 들어선 것이다.

"시작하거라."

파아앙!

뭐라 한마디 하고 싶던 백단화는 기겁하여 뒤로 물러섰다. 시작이라는 말과 동시에 공간을 치고 들어온 강비의 주먹 때문이었다.

무서운 속도였다. 백단화로서도 몇 번 겪어보지 못했을 만큼 과격한 공격.

초전부터 이런 살벌함이라면 그 뒤는 안 봐도 빤했다.

'별수 없지.'

이미 시작부터 몰입해 버린 강비였다. 그의 눈에 보이는 것은 백단화가 아니라 적의 빈틈과 손짓일 것이다. 이런 사람을 앞두고 물러설 정도로 백단화 역시 물렁하지는 않았다.

그리고 다른 무엇보다 그녀 역시 무서운 속도로 성장하는 이 강비라는 괴물과 손속을 나누어보고 싶은 마음이 있었다.

두 사람의 신형이 폭발하는 화탄처럼 격렬하게 부딪쳤다.

백단화의 눈이 흔들렸다.

정면에서 공격을 받으면서도 등 뒤에 위협이 느껴진다. 무형의 진기로 행한 공격이다. 앞과 뒤, 동시에 노려진 공격이 그녀를 당혹케 했다.

헛바람을 들이켤 시간조차 없었다. 그녀의 몸이 바람개비처럼 돌아가며 두 번의 공격을 흐트러뜨렸다.

동시에 탄력적으로 쏘아지며 손을 뻗으니, 그녀의 성명절기와도 같은 천녀설풍장이 모습을 드러냈다.

후웅.

따뜻하고 부드러운 바람이었다. 하지만 거리가 가까워질수록 주변 온도가 급전직하로 떨어진다. 마치 한겨울에 맨몸으로 바깥에 나선 것 같았다.

강비의 몸이 아래로 빠지며 채찍처럼 발을 휘둘렀다.

순간적으로 펼쳐진 세 번의 각법.

어찌나 빠른지 한 번 휘두른 것조차 보이지 않을 정도였다.

찌지직!

들릴 리가 없는 소리가 환청처럼 들려온다. 천녀설풍장이 만들어낸 경력이 강비의 발길질에 완전하게 분해되는 소리였다.

'이런!'

아무리 그녀가 대단한 고수라도 급하게 펼쳐 낸 천녀설풍장이 본신의 위력을 전부 끌어낸 것과 같을 수는 없을 것이다. 하지만 그런 것으로 강비의 대단함이 사그라지는 것은 아니었다.

그 짧은 시간에 경력의 길을 읽고 빈틈을 찔러 파쇄시키는 것도 모자라 솟구쳐서 손을 뻗는데, 당장에라도 머리통을 뜯어내 버릴 것 같았다.

그녀로서는 물러설 수밖에 도리가 없었다. 반격을 하려면 충분히 할 수 있겠지만, 다섯 수 앞까지 읽은 바, 결국 손속이 어지러워지는 사람은 자신이라고 판단했기 때문이다.

하지만 그마저도 쉽지 않았다.

'헉!'

등 뒤에서 송곳처럼 찔러지는 무자비한 진기의 속삭임.

진기와 외기(外氣)를 동조시켜 날카로운 방벽을 만들어낸 강비였다.

한 시진 전에 배웠다고는 도무지 생각할 수 없을 만큼 빠르고 자연스럽다.

공격만을 행하는 것이 아니라 방벽을 세우고 퇴로를 차단시킨다.

천재적인 응용력이었다.

한 번 수세에 몰리니 도통 반격의 실마리가 떠오르지 않는다.

비슷한 경지에 든 두 사람.

실력으로 본다면 백단화가 한 수 위임이 분명하건
만, 도무지 형세가 역전될 기미는 보이지 않았다.

그렇게 다시 한 시진이 지난 후였다.

"그만."

서로 장(掌)을 뻗어 무위의 공간을 만들어낸, 그 사
이로 꽂히는 음성이었다.

거친 숨소리와 땀으로 흠뻑 젖은 두 남녀가 서로를
노려보았다. 아직 대련의 흥분이 가시질 않은 것인지,
주변에 흐르는 투기(鬪氣)가 꿈틀대고 있었다.

"비아는 아까 하던 것 마저 하거라."

말이 끝나기가 무섭게 운공조식에 들어가는 강비였
다. 싸울 때나 운공을 할 때나 집중력이 좋기도 했다.

"어떠하냐?"

"예?"

"대련 말이야."

"놀랍군요. 실상 제 패배였어요."

"서로 살기를 품지는 않았으니, 생사는 누구도 모
르는 것 아니겠느냐. 하지만 네가 수세에 몰린 것 역
시 사실이지."

초반의 방심이 한 시진 동안 이어졌다. 그 상태에서 근근이 버틴 백단화나, 그 상태로 계속 밀어붙인 강비나 대단하다면 대단한 일이었다.

기세 싸움은 이래서 중요한 것이다.

"고수일수록 한 수의 차이가 커지기 마련이고, 한 번의 실수가 치명적으로 변하는 법이지. 또한 한 번 물면 놓치지 말아야 하며, 한 번 몰아붙일 때는 반격 따위 꿈도 못 꿀 만큼 상대의 호흡을 장악해야 한다. 너는 한 수 위의 무공을 가지고 있지만 실수했고, 그 실수를 본 비아는 물고 몰아붙였다. 네가 무인으로서 치명적인 실수를 범했다면, 비아는 무인이 갖춰야 할 덕목을 제대로 구현해 냈다고 봐야겠지."

백단화의 얼굴이 부끄러움으로 물들었다.

느닷없는 비무였으나 그것을 핑계 삼는 건 바보짓이다.

죽은 뒤에도 핑계가 통하진 않을 터.

만약 이번 비무가 생사결이었다면 또 달랐겠지만, 무인에게 있어 그러한 가정이란 한여름의 털옷보다도 가치가 없는 것이었다.

"크나큰 가르침, 감사드립니다."

"허허, 이런 것이 무슨 가르침인가. 이미 알고 있는 바이겠지만, 네가 당황한 탓이겠지."

"아니에요. 당황해서 제 기량을 내지 못했다 함은 죽음과 진배없지요. 신승과 강 공자가 아니었다면 제 태만(怠慢)을 고치기 힘들었을 거예요."

백단화의 눈에도 미약한 깨달음의 빛이 어렸다.

말이 한 수 차이지, 강비는 혜정 대사와 무리한 수련까지 한 직후였다.

고수들 간의 싸움이란 한 톨의 내력으로도 승패가 갈리는 법.

그만큼 강비가 절묘하게 밀어붙였다는 뜻이지만, 또한 백단화의 방심이 컸다는 뜻이기도 했다.

혜정 대사는 말없이 웃었다.

백단화만큼의 무공을 닦은 무인은 온 천하에 결코 흔하지 않았다. 그럼에도 이런 겸손함을 보일 수 있다는 것은 대견해도 보통 대견한 일이 아니었다.

앞으로 또 얼마나 성장할 것인지, 사뭇 기대가 되는 바였다.

강비의 연공은 그렇게 혜정 대사라는 우수한 선생의 능력에 힘입어 더욱 견고해지고 높아져만 갔다.

어느 틈에서인가 강비의 수련에는 백단화가 동참하게 되었고, 은근슬쩍 민비화도 한 발을 끼게 되었다. 강비나 혜정 대사는 둘에게 가타부타 별말을 하지 않았다. 강비가 커나갈 수 있도록 두 여인은 큰 도움을 줄 수 있는 존재였고, 두 여인 역시 혜정 대사라는 불세출의 초월자에게 가르침을 받을 수 있는 시간이었으니, 서로에게 복이라 할 수 있었다.

그렇게 얼마나 지났을까.

여름이 가고 가을의 낙엽이 휘날릴 무렵.

혜정 대사는 민비화에게만 매달렸고, 강비는 홀로 보내는 시간이 많아졌다. 더 이상은, 그 사람이 설마 천무대종이라 불리는 혜정 대사라 할지라도 그의 연공에 필요하지 않던 탓이다.

홀로 참오하고, 홀로 창칼을 휘두른다.

어느 날은 미친 듯이 산을 뛰어다니는가 하면, 또 어느 날은 하루 종일 좌선에 들어 끼니조차 거르는 날이 많았다.

잘 섭취하지 않으니 그의 몸은 점점 말라갔지만, 체내의 진기는 무섭도록 전신을 휘돌며 육체를 새로이 정립했고, 두 눈에서 이는 신광(神光)은 깊어져만 갔다.

검을 쥘 때는 서릿발 같은 검기(劍氣)가 절로 휘돌아 공간을 장악하기 시작하고, 창을 쥘 때는 무시무시한 예기가 들불처럼 일어났다.

작정을 하고 기파를 개방하면 산천초목이 떨 지경이니, 이미 인간의 한계를 초월했다 봐도 무방하리라.

처음에는 강비가 백단화에게 다짜고짜 비무를 신청했지만, 지금에 이르러서는 오히려 백단화가 넌지시 강비에게 대무를 하자 조르게 되었다.

물론 강비는 웃으며 한 번씩 그녀와 맞상대를 하였으나 그렇다고 홀로 수련하는 일이 적어지는 것도 아니었다.

그렇게 가을조차 훌쩍 뛰어넘어 하늘에서 한 송이, 두 송이 눈발이 날려갈 무렵.

강호에서도 제법 커다란 변화가 일고 있었다.

*　　　　　*　　　　　*

무림연맹, 이른바 천의맹이 결속된 이후, 사대마종과의 싸움은 약간의 소강상태를 맞이하게 되었다.

천의맹도 천의맹 나름의 시간이 필요했고, 사대마종 역시 천의맹의 본격적인 전시(戰時) 준비를 보며 내부를 다지기 시작한 것이다.

물론, 대대적인 공세는 없을지라도 암중으로 부딪치는 일은 상상을 초월했다.

사대마종이 중원에 심어둔 간자들의 숫자는 그야말로 어마어마하여 일일이 잡아내기도 힘들 지경이었다. 그들은 중요 거점을 차지한 문파에 혹은 전장이나 상단에 무수한 끄나풀을 두었다.

그것은 곧 자금의 흐름이 변화했음을 뜻했다.

전쟁이란 곧 사람들의 싸움.

사람이 싸우려면 밥을 먹어야 한다. 밥을 먹기 위해서는 돈이 필요한 것이 당연하다.

우애와 신뢰, 거래와 필요성으로 쌓은 무수한 관계들은 분명 천의맹에 크나큰 도움이 되었지만, 동도라 생각했던 이들 중 절반에 가까운 상권의 흐름이 사대마종, 네 단체로 돌아선 것은 큰 충격이었다.

도대체 언제부터 진행이 되었는지, 기다렸다는 듯 등을 돌리는 금전의 방향은 중원무림인들에게 당혹스러움을 선사했다. 한낱 마졸의 타파를 위해 모인 천의맹으로서는 뒤통수가 아파도 이만저만 아픈 것이 아니었다.

점창이 무너지고 소림 속가 문파였던 금강이 녹아내렸다. 그것만으로도 실로 기경할 만한 사태였음이 분명할진대, 그들은 그때까지도 사대마종을 어설픈 졸자들의 집단이라 은연중 생각했던 것이다.

하지만 중원의 상권을 사로잡고, 무수한 간자들을 보내 아군으로 돌린 그들의 수완은 보통 대단한 것이 아니었다. 단순히 무력만 출중한 어설픈 단체가 아니었던 것이다.

삽시간에 차오르는 긴장감.

드넓은 중원 천하, 칼날 위를 걸어가는 수많은 무인들의 눈에 제대로 불똥이 튀기 시작한 것은 늦가을의 쌀쌀한 바람이 대지를 할퀴고 지날 무렵이었다.

명망 높은 도력(道力)과 경지에 이른 무공으로 만인의 존경을 한 몸에 받던 공동파의 큰 어른, 광양자(光陽者)가 문내에서 미쳐 날뛴 사건은 천하를 뒤흔들었다.

광양자에 검에 쓰러진 공동파 검수들의 숫자만 해도 서른에 가까웠고, 그중 차기 공동의 기둥이라 할 만한 일대 제자가 절반을 차지했으니, 그야말로 대단한 충격이라 할 수 있었다.

수양 높고 무도(武道)가 출중한 광양자가 미쳐 버린 사건이다. 그 이유가 술법, 그것도 고도로 사악한 술법으로 인한 것이었으니, 수많은 무인들이 아연실색할 수밖에 없었다.

공동파는 구파 중에서도 강직한 무공과 무공 못지않은 수양으로 이름이 높은 문파가 아니던가. 전대 장문인의 사제이자 한때나마 공동삼수(空洞三秀) 중 일좌(一座)를 차지했던 천하의 고수가 술법의 희생양이 되어버린 사건은 그저 단순한 소문으로만 끝날 것이 아니었다.

점창과 금강이 무너지며 무력을 시위한 사대마종이었다.

새외에 있었음에도 중원 유수의 상권을 틀어쥐며 금력(金力)을 과시했던 사대마종이었다.

한데 이제는 괴이한 술법으로 수양 높은 공동파의 노검수를 미쳐 버리게 만들었으니, 이는 실로 기경할 일이었다.

무공, 술법, 금력… 어느 하나 소름이 돋지 않을 수

없는 영역을 그대로 보여주지 않는가.

더욱 불길한 것은, 자신들의 문파 내에서도 간자가 있어 누군가가 미쳐 돌아버릴지 모른다는 불안감이었다. 사람을 제멋대로 다루는 술법이라는 게 결코 흔히 저지를 수 있는 일이 아니겠지만, 또한 그것이 남의 일만은 아니게 된 현실 속에서 천의맹 측 무인들은 시시각각 다가오는 불안감을 떨치기 어려웠다.

그리고 바야흐로……

사대마종 중에서도 가히 최강의 전력을 가진 곳이라 알려진 무신성에서 무자비한 도전장을 건네게 되었으니, 그 도전장의 방향은 바로 하남이었다.

하남.

중원 천하에서 하남 지방이 가진 뜻은 제법 특별할 수밖에 없었다. 그러나 강호무림의 영역으로 들어선다면, 제법 특별함을 넘어서서 거의 성역(聖域)이라 불리어도 무방한 곳이 바로 하남이었다.

하남 숭산(崇山)의 똬리를 튼, 공공연히 천하제일이라 칭송 받는 거대 사찰.

천하공부출소림(天下工夫出少林)의 신화를 만든 불문의 성지이자 무예의 성지가 그곳에 있기 때문이었다.

— 본 성주는 당대 소림 방장과 일대일 대무(對武)를 신청하니, 물러설 마음이라면 십년봉문(十年封門)을 택하되, 맞설 생각이 있으면 연초 숭산 자락에서 대면토록 하지.

광오하기 짝이 없는 도전장이었다.
삽시간에 천하를 뜨겁도록 만드는 도전장이었다.
무신성, 사대마종 중에서도 무공에 미친 인간들만이 득실댄다는 복마전이다. 문파 내의 힘으로만 따진다면 천하제일이라는 소림에 비해도 부족함이 전혀 없을 것이라 예측이 되는 최강의 문파 아니던가.
그런 무신성주와 소림 방장의 대결.
건드릴 수 없는 성역에 던져진 도발이었다. 소림 측에서는 가타부타 말이 없었으나 대부분의 무인들은 이 대결이 성사되지 않음에 무게를 두었다.
그도 그럴 것이, 무신성주의 무공이 제아무리 천하를 다툰다고 하나 소림은 함부로 움직일 수 있는 곳이 아니었다. 그 이름값도 이름값이거니와, 부처의 뜻을 받드는 고절함은 속세의 다툼에 쉬이 흔들릴 정도로 가볍지 않은 것이다.

하지만 그들의 예상은 여지없이 깨지고야 말았으니.

— 고절한 무도로 이름 높으신 무신성주의 무학은 본승의 미약한 능력으로 감히 잴 수 없는 영역에 거하는 바. 하나 성주의 힘을 어디 한 번 보잘것없는 땡중이 한 수나마 받아보겠소이다.

무신성주가 도전장을 건넨 것 이상의 충격이 천하를 휩쓸었다.

무신성주와 소림 방장의 생사결.

그야말로 일대 사건이라 불리어도 부족함이 없었다. 적아를 떠나 무도에 몸을 실은 이라면 죽음을 불사하고서라도 한 번 구경하길 원할 대결이 성사된 것이다.

폭발 직전의 화약처럼 잠잠하던 강호가 다시 한 번 뒤집어졌고, 수많은 무인들이 각자의 목적을 위하여 일사불란한 움직임을 행했다.

＊　　　＊　　　＊

"남는 술 있나?"

"없는데요."

"염병. 그렇게나 아끼고 아꼈는데 제일 중요할 때 바닥이야? 내 인생이 그렇지 뭐."

투덜거리는 중년인, 정확하게는 중년 거지를 보며 이제 갓 스물이나 될 법한 청년 거지가 불퉁하게 입을 내밀었다.

"제자 앞에서 신세 한탄이라니, 아무리 빌어먹는 인생이라지만 너무 비참하지 않아요?"

"하나뿐인 제자 주둥아리에서 그따위 말이 나오니까 더 비참하다."

"알면 됐어요."

"하여간 누굴 닮아서 싸가지가 바가지냐? 군사부일체(君師父一體)라고 못 들어봤어?"

"거지 주제에 밥 빌어먹는 짓만 잘하면 되었지, 위계는 얻다 써먹고 글자는 얻다 써먹어요? 주둥이로는 밥만 퍼먹을 줄 알면 되잖아요."

"얼씨구?"

"승려는 승려다워야 하고, 도사는 도사다워야 하며,

거지는 거지 같아야 한다. 다 사부가 한 말이에요."

"절씨구?"

"고로, 전 절대로 고상하게 살지 않을 겁니다."

"근래 들어서 제일 운이 좋은 날이 언제였냐고 누가 물어보면 당당하게 오늘이라고 답해라. 옆구리만 안 아팠어도 개 패듯이 패줬을 테니까."

스승과 제자의 대화라고 보기에는 제법 살벌한 감이 있었다. 하지만 말과는 달리 중년 거지의 얼굴에는 실없는 웃음만 가득했고, 청년 거지의 얼굴에서는 숨길 수 없는 안타까움이 번지고 있었다.

"상처는 어떠세요?"

"어때 보이냐, 네가 보기에는? 구멍 뚫린 거 안 보여? 상식적으로 괜찮겠냐?"

"손가락으로 쑤셔봐도 돼요?"

"이걸 그냥 확!"

짐짓 딱밤이라도 때리려는 듯 주먹을 머리 위로 들었지만, 금세 표정을 찡그리는 것으로 보아 아프긴 한 모양이었다. 중년 거지는 다소 창백한 안색으로 나무에 등을 걸쳤다.

"푸후, 젠장. 나도 나이 좀 먹었나? 그런 수수깡

같은 놈들 몇 족치는데 옆구리에 구멍까지 날 줄 몰랐네."

"다구리에 장사 없대요."

"쥐새끼들 몇 마리 모였다고 호랑이 이기는 거 봤냐?"

"제밥 사나운 쥐새끼인가 보지요. 이빨로 호랑이 옆구리 갉아 먹을 만큼."

"확실히, 보통 쥐새끼들은 아니었지."

중년 거지의 눈도 진지해졌다.

"누군지 알겠냐?"

"다섯은요."

"읊어봐."

"하북 단천인(斷天刃), 귀주(貴州) 명부삼랑(冥府三狼)에 나머지 하나는 철마신(鐵魔神)이요."

"잘 봤다. 사실 나머지도 어깨에 힘 좀 준다는 놈들이었지. 각 지방에서 난다 긴다 하는 떨거지였어."

"언제는 쥐새끼들이라면서."

"사나운 쥐새끼라며?"

"확실히 사부의 구공(口功)도 보통이 아니에요."

"시끄럽다, 이놈아."

가볍게 언급된 별호들이지만, 알고 보면 결코 가벼운 이름들이 아니었다.

하북 지방에서 귀신같은 도법(刀法)으로 일가를 이룬 단천인은 물론, 귀주에서 염라대왕처럼 군림한다는 명부삼랑에, 심지어 철마신은 지닌 무공이 구파 장문인에 필적한다고까지 알려진, 막강한 고수였다.

그런 고수들 사이에서 도주를 감행했다는 것 자체만으로도 중년 거지와 청년 거지의 능력은 대단하다 할 수 있었다.

절대고수의 기파를 헤집고 나올 수 있는 것은 어지간한 고수에게도 불가능한 법.

그만큼 둘의 무공이 빼어나다는 뜻이리라.

"어떠냐, 네가 보기에는?"

"비사 쪽일 것 같네요. 거기서 거기겠지만."

"맞아, 잘 봤어. 하여간 비사림, 이 개새끼들은 아주 작정을 했나 봐. 연루가 안 된 곳이 없어요. 그러고 보면 그나마 무신성은 괜찮아. 차라리 화통하기라도 하잖아, 걔들은."

"무신성은 언제나 정면 돌파를 꿈꾸었대요. 가진 무력이 막강한데 뭣하러 음모 따위를 꾸며야 되냐면서

역정을 냈다고도 들었어요. 사대마종들 중에서도 자존심 세기로는 제일이라던데요?"

"거 봐, 얼마나 좋으냐. 무인이라면 그런 맛이 있어야지. 적이라지만 그 당당함은 참 높이 사고 싶군. 비사림, 개자식들이 보고 좀 배웠으면 좋겠어."

"비사림도 비사림이지만, 저는 우릴 습격한 작자들이 더 짜증 나요. 자존심도 없는 위인들인가 봐요. 그래도 자부심 하나로 먹고사는 무인들이라고 알고 있었는데, 그렇게 누구 밑으로 쏙 들어갈 줄은 생각 못했어요."

"먹음직스러운 미끼를 던졌나 보지."

"자존심을 팔아먹을 정도로요?"

"그랬으니까 저치들 쪽으로 붙었겠지."

"궁금하네요."

"됐고, 너는 이만 슬슬 가봐라. 시간 더 끌다가는 늦는다. 쉬지 말고 달려. 정보가 선풍개한테 도달할 때까지 긴장 늦추지 말고."

청년 거지는 스승의 얼굴을 보다가 살짝 입술을 깨물었다.

기파가 느껴지지는 않지만, 적들의 움직임이 시시

각각 가까워지리라는 건 분명했다. 당연했다. 서른이라는 젊은 나이에 방주(幇主) 직에 올라 십 년의 세월간 당금의 개방(丐幇)을 불세출의 조직으로 이끌어낸 개방 방주의 목숨을 끊어내기 위해서라면 저쪽에서도 무리를 할 만했다.

아무리 출중한 재능으로 후개(後丐)가 된 서일(徐一)이 있다 한들, 바꿀 수 있는 형국이 아니었다. 오히려 개죽음에 가까우리라.

평범한 사제지간이라면.

목숨을 걸고서라도 이 자리를 지키겠지만, 그는 개방의 차기 방주로서 스스로의 역할을 망각하지 않았다. 그래서 속으로 피눈물을 흘리지만, 겉으로는 개구쟁이처럼 밝은 웃음을 지을 수 있던 것이다.

"잘 숨어 계십시오. 금방 다시 찾아오겠습니다."

"걱정 마라. 무당 장문인께서 내 명운(命運)이 과연 거지 왕초답게 질기다고 했으니, 여기서 끝장날 목숨은 아닐 게야. 잔말 말고 어서 가거라."

부드럽고 온화한 말투.

평소의 스승은 결코 이런 말을 내뱉는 사람이 아니었다.

방울진 눈을 억지로 초승달로 만든 서일이 꾸벅 인사를 올렸다.

"갑니다."

"그래, 얼른 가라."

파바박!

마치 연기처럼 그 자리에서 사라지는 서일이었다. 혼신의 힘을 다해 펼치는 신법(身法)에는 깊은 좌절감과 슬픔, 급박함이 담겨 있었다.

중년 거지, 현 개방 방주이자 천하삼절(天下三絶) 중 장절(掌絶) 용화신(龍華神)이라 불리는 천고의 고수 위진양(偉進陽)의 얼굴에 기특하다는 미소가 어렸다.

"고놈, 똘똘하니 가르치는 맛이 괜찮았지."

스승의 죽음 앞에서도 의연하게 등을 돌릴 수 있는 제자.

개방의 차기 방주라면 저 정도 그릇은 되어야 했다. 뱃속에 칼이 들어와도 웃을 수 있는 인내심과 형제자매가 죽어 나가는 현실 속에서도 개고기를 뜯을 수 있는 심계가 필요한 것이다. 속으로는 피눈물을 흘릴지언정, 그런 강인한 마음이 없다면 개방 방주라는 무거운 짐을 질 수 없을 것이다.

감사하게도 지혜롭다는 평이 많지만 실제로는 단순하기 짝이 없는 자신보다 개방을 훨씬 훌륭하게 이끌 수 있으리라 위진양은 믿어 의심치 않았다.

"그나저나……."

끄응, 하고 일어서는데 다리에 힘이 들어가지가 않았다. 어찌어찌 허리는 세웠지만 옆구리에서 시작된 고통이 사지를 마비시키는 듯했다.

"젠장맞을 것들. 쪽팔리게 독을 쓰고 그래. 뱃도 없나, 이 새끼들은."

옆구리에 구멍이 뚫린 건 분명 중상이라 할 만하지만, 육체의 모든 부분을 통제할 수 있는 위진양에게 있어 이 정도는 위급함을 느낄 수 있으되 당장 심각하다고 불리긴 어려운 상처였다. 그럼에도 그가 이토록 비틀거리는 이유는 다른 것이 아니었다.

'소문 자자한 혈사문(血死紋)이로군.'

혈사문.

천하에서도 내로라하는 절독(絶毒)의 이름이었다. 체내에 침투하면 일각 내에 온몸의 피를 전부 토해내 죽게 만든다고 하여 이름도 혈사문이었다.

한 번 당하게 되면 독에 어지간히 내성이 있는 고수라도 죽음의 손길을 피할 수 없었다.

물론 위진양은 어지간한 고수 따위가 아니었다. 천하에서도 상대할 위인이 몇 없다는 일대 고수였고, 혈사독이 아니라 혈사독 할애비를 복용해도 반 각 내에 몰아낼 수 있을 만큼 기공의 성취 역시 타의 추종을 불허했다.

그러나 수많은 고수들과의 격전 속에서 대부분의 진기를 소진한 후 격중된 것이 문제였다. 그럼에도 혈사독은 위진양의 순양진기를 거스르지 못했지만, 그 이후의 격전으로 몸을 돌볼 시간이 없던 그로서는 야금야금 퍼져 가는 혈사독을 막기가 힘들었다.

위진양의 눈살이 절로 찌푸려졌다.

'철마신, 그 딱딱한 놈이 암기(暗器)까지 쓸 줄은 몰랐는데 말씀이야.'

어쨌든 대개방의 방주로서 이리 무력하게 죽어줄 수는 없는 것 아니겠는가. 어떻게든 용형기(龍形氣)를 돌려 중독 증상을 막고 몸을 세웠다.

그의 얼굴에 자그마한 미소가 어렸다.

"고놈들 참, 부리나케 달려오는군."

몸 상태는 정상이 아닐지언정 기감(氣感)까지 죽지는 않았다. 핏발 선 그의 눈이 위엄 어린 용안(龍眼)으로 빛나기 시작했다.

저 멀리서 꿈틀대는 기파가 살짝 출렁였다. 위진양의 필사적인 기도가 주변을 장악한 것을 저쪽에서도 알아차린 듯했다.

휘이이익!

한 줄기 소성과 함께 먼저 모습을 드러낸 자는 그야말로 철탑과 같은 체격의 소유자였다.

육 척을 훌쩍 넘긴 키에 구릿빛 근육을 마음껏 발산하는 중년의 남자. 초겨울의 쌀쌀한 날씨에도 팔뚝이 다 드러난 조끼를 입었는데, 그것이 그리도 잘 어울릴 수가 없었다.

심지어 다섯 자가 넘어가는 무지막지한 거도(巨刀)를 든 모습까지도.

"다 죽어가는 미꾸라지의 눈빛은 아니로군."

묵직한 음성으로 인해 주변 공기의 밀도가 높아진 듯했다. 한마디 내뱉는 말로도 좌중을 압도하는 위엄이 새어 나온다.

그가 바로 대강남북(大江南北)을 진동케 한 개세의

마두, 위진양과 함께 천하삼절의 일인으로 꼽히는 도절(刀絶) 철마신(鐵魔神) 만효(滿嚆)였다.

위진양의 입가에 조소가 걸렸다.

"무서워서 독 묻힌 암기나 쏘아대는 작자에게 들을 말은 아닌데."

만효의 눈에 살기가 어렸다.

"네놈 따위가 무에 무서워 그딴 잡기(雜技)를 썼겠느냐. 시간을 지체할 수 없었을 따름이다."

"마도(魔道)에 빠졌을지언정 제법 사내답다고는 생각했는데, 어째 제법 옹졸한 인간이었군. 변명 몇 마디 하니 마음이라도 시원해지던가?"

일신에 지닌 장법(掌法)만큼이나 매서운 입담이었다.

만효의 몸에서 출렁이는 기파가 더욱 살벌해졌다. 당장에라도 위진양의 몸을 쪼개버릴 듯 막강한 패도(覇道)가 전신에 흘러넘친다.

"용화신이라는 별호는 주둥이로 딴 모양이야."

"철마신의 세 글자는 암기로 땄겠지."

평범한 사람이라도, 특히나 욕망에 충실한 마도(魔道)에 몸담은 만효라면 진즉에 달려들어 위진양의 입을 부숴놔도 모자람이 없었을 것이다.

그러나 그는 참았다. 만효에게 갑작스레 인내심이라는 고절한 품격이 생겨서가 아니었다. 다만, 그는 조금 더 즐기고 싶었다, 지금 이 상황을.

어쨌거나 위진양은 천하무림인 중에서도 대어라고할 수 있었다. 구파일방 중 일방의 방주라는 이름값은 대단해도 보통 대단한 이름이 아니었다.

심지어 위진양은 천하삼절로 손꼽히는 고수였다.

천하삼절.

정도(正道)를 걷는 무인과 중도(中道)를 걷는 무인, 그리고 마도를 걷는 무인 셋을 일컫는 말로, 달리 삼도무악(三道武嶽)이라고도 불리는 세 사람은 각기 한 방면의 무공으로 뛰어난 명성을 날렸다.

비교적 젊은 나이에 개방의 용두방주가 되어 천하를 호령한 용화신, 장절 위진양.

약관(弱冠)의 나이에 강호에 나서 이십 년이 넘는 세월 동안 무수한 살인과 약탈을 저질러 온 철마신, 도절 만효.

신비롭게 나타나 신비롭게 사라진, 그러나 등장 당시 경탄할 만한 무력을 보여주었던 권절(拳絕) 비천신(秘天神).

비슷한 나이 대에 비슷한 무력을 보이는 세 사람을 일컬어 세인들은 천하삼절이라 하였다. 비천신의 경우 얼굴조차 아는 자가 거의 없는 실정이고, 세간에 평가되는 무력에도 말이 많지만, 위진양과 만호는 언제나 비교 대상이 되던 참이었다.

세인들의 평가에 따르면, 만호보다 위진양을 한 수위의 고수로 쳐주는 평이 많았다.

당연하다면 당연한 것이, 헤아리기도 어려운 역사를 지닌 개방의 독문 무공은 이미 천하절공으로 손색이 없었고, 위진양 역시 그 무공을 익히는 데에 결코 모자라지 않은 무재(武才)였기에 마도에 몸담은 철마신 만효보다는 더 쳐줄 수밖에 없던 것이다.

만효는 그것이 불만이었다.

만나본 적도 없는 무인이 자신보다 강하다 하는데 어찌 속이 쓰리지 않을까.

심지어 같은 선상, 삼절의 명성으로 엮인 자와의 비교였다.

정당한 대결로 꺾어놓은 것은 아니라 하나, 이리 파리한 안색으로 다 죽어가는 위진양을 보니 당장에라도 파안대소(破顔大笑)를 터트리고 싶었다. 이런 꼴을 보이는 작자가 어찌 자신보다 잘날 수 있냐며 만천하에 고하고 싶었다.

만효의 얼굴에 떠오른 잔혹한 빛을 본 위진양은 속으로 한숨을 쉬었다.

'곱게 죽여주진 않겠군.'

어차피 승패는 정해졌다. 제아무리 날고 긴다 한들 지금의 몸뚱이로 만효를 이기기란 처녀 뱃속에 애가 들어찰 확률과 엇비슷했다.

한순간의 방심으로 틈을 쑤시고 달아나기에는 저 철마신이라 불리는 마도장한(魔道壯漢)의 능력이 보통 대단한 것이 아니었다.

'어떻게든 한 방은 먹여야 속이 시원하겠는데 말이지.'

후웅, 하는 바람 소리가 등을 훑고 지나갔다. 차가운 겨울 날씨가 몸을 훑는데 묘하게도 식은땀이 흐를 것 같았다.

"뭐, 네놈이 몇 날 며칠 괴로워하는 꼴을 보고야 싶지만, 할 일이 있어 그걸 볼 수는 없겠군. 반 시진 정도만 괴롭히다 고이 보내주도록 하지."

작정을 하고 희롱할 생각인 듯했다.

위진양이 코웃음을 쳤다.

"주제 파악을 그리 못하는데 지금까지 용케도 살아 있군."

상대방을 경동시키는 재주 하나는 지닌 무공보다도 더 뛰어난 것 같았다. 적당한 때에, 적당히 심기를 찌르는 구공이었다.

만효의 눈꺼풀이 희미하게 떨렸다.

"이 거지새끼가 보자보자 하……!"

파아악!

순간이었다.

어디서 그런 힘이 났는지, 위진양의 몸이 번개처럼 만효의 전면에 나타났다.

삼 장 거리를 접어버리는 신법(身法).

철마신이라는 별호로 천하를 질타하던 만효로서도 일찍이 겪어본 바 드문 속도였다.

헛바람을 집어삼킬 틈조차 없었다. 위진양의 손이 꿈틀거리는 용처럼 뻗어 나와 무자비한 장력을 터트렸다.

콰쾅!

엄청난 경력의 소용돌이가 터지며 주변 공기를 미친 듯이 뒤흔들었다. 초겨울의 차가운 바람조차 뜨겁게 달아오르게 만들 만큼 막강한 장력이었다.

이것이 바로 위진양의 독문 무공, 개방의 전설인 항룡십팔장(降龍十八掌)을 재해석하여 극한의 위력을 뽑아 만들어낸 용화소천장(龍華燒天掌)이었다.

한 사람의 목숨을 저승으로 보내기에 충분하고도 남을 만한 위력이지만, 위진양의 표정은 그리 밝지 못했다.

"쿨럭!"

코와 입에서 요악한 빛깔의 피를 토해낸다. 중첩된 내상에 중독까지 당했는데, 거기에 반탄력으로 돌아온 충격이 내상을 심화시킨 것이다.

널찍한 도신(刀身)으로 몸을 가린 만효가 천천히 자세를 풀었다. 그의 거도 한가운데가 시뻘겋게 달아오르고 있었다. 극한의 양강 장력, 용화소천장에 직격당한 부위였다.

마기 어린 만효의 눈동자가 조금씩 흔들렸다.

'이 정도 장력을······.'

심각한 내상에 중독까지 당한 몸으로 구사했다고

보기에는 지나치게 대단한 힘이었다. 부지불식간 도신으로 막았기에 다행이지, 직격타를 당했다면 제아무리 철신(鐵身)을 자부하는 몸뚱이라도 견디지 못했을 거란 생각이 들었다.

'용화신, 허명이 아니었어!'

놀라움 이후 자리를 잡은 감정은 폭발할 것 같은 시기심과 묘한 패배감이었다. 내력이 거의 고갈된 지경에 이르러서도 이만한 장력을 뽑아낼 수 있다면, 상대의 무학 경지는 이미 자신보다 한 단계 윗길에 자리하고 있다 해도 과언이 아니었다.

그러나 그가 시기심을 갖든 패배감에 젖든 위진양에게는 알 바가 아니었다. 그의 얼굴은 금세 시뻘겋게 물들었다. 억눌러 놓았던 혈사문의 독기가 빠르게 내부를 잠식해 나가는 탓이었다.

'이놈의 독… 젠장.'

눈앞에 아른아른하고, 당장 무릎을 꿇고 싶었다. 정말이지 눈앞에 만효가 없었다면 벌러덩 누워서 죽음을 기다렸을지도 모르겠다.

사사삭.

죽음을 축복하려는가.

만효의 뒤로 십여 명의 무인들이 모습을 나타냈다. 이전, 개방의 큰 주인과 작은 주인을 맞상대로 한바탕 시원스레 투닥거린 강호의 무인들이었다.

그때를 기점으로 저 하늘에서는 한 송이, 두 송이 눈발도 날렸다. 어둑한 하늘 밑으로 떨어지는 새하얀 눈은 보기만 해도 아름다웠다.

위진양의 입가에 살짝 미소가 드리워졌다.

'거지가 죽기에는 지나치게 낭만적인 날이군.'

만효가 칼을 어깨에 걸치고 방만하게 걸어왔다.

"죽기 직전의 마지막 발악치고는 어째 마무리가 좋지 못하잖나."

잔인하게 웃는 만효의 얼굴이 독사의 그것처럼 느껴졌다. 생긴 건 천하에 대장군이라 불리어도 모자람이 없는 놈이 어찌 이런 비루한 족속이 되었는지 알 길이 없었다.

"쿨럭! 하아, 너 같은 놈에게 당하는 내 신세가… 쿨럭! 참으로 기구하……."

퍼억!

위진양의 몸이 벌렁 뒤로 날아갔다. 만효의 발길질이 그의 복부를 후려친 것이다. 하필이면 맞은 곳이

구멍 난 옆구리라 위진양은 입을 딱 벌리고 고통에 신음했다.

"손톱, 발톱부터 하나씩 뽑아주지."

완전히 얼음장처럼 차가워진 마두의 얼굴.

위진양은 고통에 몸부림치면서도 속으로 혀를 찼다.

'화나서 단박에 죽여줬으면 좋겠는데… 틀렸나.'

그는 이번 황산행(黃山行) 직전에 면담했던 무당 장문인과의 대화를 떠올렸다.

'황룡(黃龍)이 내려앉은 곳에서 부처의 도움으로 적룡(赤龍)을 만난다……. 분명 그리 말하셨는데, 설마 적룡이 이 미친 마두 새끼는 아니겠지?'

무당파 장문인.

무공보다도 진인으로 이름이 높은 천생 도인이었다. 측량키 어려운 선기(仙氣)가 남달라 진정 신선에 가까워졌다는 노도인은 가끔 이해 못할 소리를 하곤 했지만, 그래도 틀린 말을 한 적은 없던 걸로 기억한다.

원체 고통이 심하니 기억력에도 문제가 생긴 건지, 의식이 돌아왔다가 끊어지기를 반복했다.

귓가로 흐릿한 목소리가 들렸다. '저 거지를 똑바로 앉혀라', '소도(小刀)를 가져와라' 등의… 위진양

입장에서는 그리 선호할 만한 단어 조합은 아니었다.

'죽기 전에 장문인께서 말씀하신 적룡이란 작자 좀 보고 싶은데 말이야.'

자꾸만 밑으로 내려앉는 눈꺼풀을 기어이 뜬 위진양.

그는 자신의 소원 아닌 소원을 두 눈으로 직시할 수 있었다.

＊　　　　＊　　　　＊

"황산(黃山)에 좀 가보아라."

어둑해진 하늘을 보며 이제 곧 눈이라도 된통 쏟아지겠구나 싶어 혀를 차던 강비는 느닷없는 혜정 대사의 말에 눈만 끔뻑였다.

"황산 말씀이십니까?"

"그래, 황산."

"거기는 어인 일로?"

"구해줘야 할 생령 하나가 있다. 어디 보자, 지금쯤 출발하면 얼추 비슷하게 맞추겠군."

하늘을 보며 말하는 혜정 대사였다.

천하에 거미줄처럼 뻗어 나간 정보원이 없어도, 하늘을 보며 이치를 깨달은 초월자는 그토록 먼 거리에 있는 상황을 꿰찰 수 있는 모양이었다.

이전 소요자의 사람 같지 않은 능력을 견식한 바 있지만, 혜정 대사가 거하는 영역의 일은 아무리 대해도 신기할 수밖에 없었다.

"그게 누굽니까?"

"거지 왕초."

"거지 왕초요?"

"그래. 힘깨나 쓰는 녀석이다."

힘깨나 쓰는 거지 왕초.

이게 무슨 대답인가 싶어 한 번 더 물으려 하던 강비가 이내 눈을 빛냈다.

대란(大亂)의 와중, 혜정 대사 정도 되는 사람이 살리려는 생령이라면 아무리 낮게 잡아도 평범할 수 없다. 거기다가 거지에 왕초이면서 힘깨나 쓴단다.

강호에 칼밥 먹고 살아가는 위인들이라면 대강 짐작이 가는 인물이 떠오를 수밖에.

"용두방주가 황산에 있습니까?"

"지금은 아니야. 곧 도달하겠지. 이왕이면 조금은

서두르는 게 좋을 게다. 그놈, 할 일이 아직 산더미처럼 남은 녀석이야. 게다가 아까운 녀석이지, 마도에 몸을 실은 쭉정이에게 당하기에는."

"그렇습니까?"

본시 누군가의 말로 움직이는 성격이 아니라지만, 이 혜정 대사라면 이야기가 달랐다. 강비는 적색의 무복 위로 시커먼 장포 자락을 걸친 후 나섰다.

"그렇게 가려고?"

"예? 그럼 어떻게 갑니까?"

"뭘 어떻게 가? 싹 다 챙겨."

"다 챙기라고요?"

"그래. 우리도 여길 뜰 거야."

느닷없는 발언이었다.

옆에서 차를 마시던 백단화와 민비화는 물론, 습관처럼 나른해 보이는 강비의 눈동자도 살짝 커졌다.

"갑작스러운데요?"

"갑작스러울 것이 무에 있나. 갈 때 되면 가는 것이 인생 아니더냐. 언제 만날지는 모르겠지만, 그때까지 살아 있길 빌겠다."

심지어 함께 가는 것도 아니었다. 혜정 대사는 일행

과 다른 길을 가려 하고 있었다.

이쯤 되면 천하의 강비라도 당황하지 않을 수 없었다.

"함께 가시는 것이……."

"이놈아, 사람 때려죽이는 걸 예사로 아는 새끼 용한 마리 붙들고 근 일 년이나 있었으면 되었지, 뭘 더 함께하자는 말이냐?"

웃으며 농담처럼 내뱉는 말에 묘한 희학이 담겨 있다. 답지 않게 할 말을 찾지 못한 강비였다.

허둥거리는 강비에게 혜정 대사는 온화한 미소로 입을 열었다.

"기왕지사 헤어지기 전에 말해주고 싶은 것이 있다. 들어보겠느냐?"

"예."

"세이경청하겠다느니, 그런 입 발린 소리는 하지 않아 좋구나. 그럼 들어보거라."

겉옷을 벗고 시린 몸을 내보인 수많은 나무들을 바라보는 노승의 눈은 어쩐지 무척이나 인간적이었다. 설화(雪花)를 품은 어둑한 하늘과 제법 날카로운 바람 소리를 희롱하며 혜정 대사의 은은한 말이 주변에 내려앉았다.

"알는지 모르겠다만, 산천에는, 강호에는, 이 세상에는 무수한 은자(隱者)들이 있다. 각양각색의 은자들이 그들만의 세상에서 살아가고 있는 셈이지. 그런 은자들 중에는 강호에서 말하는 대단한 고수도 있고, 술법에 능한 자들도 있으며, 도력(道力) 높은 이도 많다. 모래알보다도 많은 것이 은자들이라 하지 않더냐. 그런 은자들이, 한 번 나서기만 하면 천하를 진동케 할 만한 능력을 지닌 은자들이 왜 세상에 나서서 양명(揚名)치 않는지 넌 알고 있느냐?"

"모르겠습니다."

"자신의 길을 알기 때문이다."

"자신의 길이요?"

"산속에서 도를 닦는다 한들 세상에 나설 이는 언젠가 분명히 나설 것이요, 평생을 자연과 벗 삼아 지낼 자라면 저잣거리 왈패라도 산으로 들어설 것이다. 은자들이 대단하다고 하는 이유는 그 육신에 깃든 힘 때문이 아니라 자신이 세상 어떤 위치에 서야 되는지, 그 명(命)을 알기 때문이다."

"명······."

"운명, 숙명, 천명, 천리(天理)… 어떤 말을 가져다 붙여도 좋다. 그들은 알고 있는 것이야. 자신이 설 자리를, 자신이 있어야 할 곳을, 어떻게 살아가야 할 것을 알고 있는 게지. 그래서 은자들이 세상에 나서지 않는 것이다."

"운명에 따르라는 말씀이십니까?"

"같으면서도 다르다. 네가 하는 행동들이 곧 네 운명이며, 네가 매순간 선택하는 길이 네 운명이다만, 저 하늘 높은 곳에서 뻗어 나간 그물은 너무도 깊고 넓어 어찌 변할지, 변하기는 할는지 알 수 없다. 다만, 스스로 존재의 자각(自覺)을 이룬 자라면 느낄 수 있다. 그것은 보는 것이 아님에도 보이는 것이고, 들리지 않는 것임에도 들리는 것. 언어로도, 그림으로도, 글자로도 표현할 수 없다."

"……."

"너라면 알 것이다. 나나 저 화산 깊은 곳에서 웅크리고 있는 말코 놈이 나선다면 지금 이 환란(患亂)을 부드럽게 흩어버릴 수 있다는 것을 알 수 있을 것이다. 그렇지 않으냐?"

확실히 그렇다.

소요자와 혜정 대사는 지닌 무(武)가 산봉우리를 넘어 하늘에 닿은 무신(武神)들이었고, 그 무력 못지않은 도(道)를 얻어 이미 반쯤은 신선이라 봐도 무방할 존재들이었다. 그런 둘이 나선다면 지금의 환란을 종식시키는 데에 큰 도움이 될 것이 분명할 터.

한데도 두 사람이 나서지 않는 까닭은 무엇일까?

강비의 눈동자 속에서 작은 꽃봉오리가 움트기 시작했다.

"하늘이 발한 준엄한 호통인지, 선계(仙界)의 누군가가 넌지시 건넨 속삭임인지 나는 알 수가 없다. 그러나 또한 나는 알고 있다. 지금 이 세상에서는, 지금 이 다툼에서는 내가 낄 자리가 없다는 것을 난 알고 있다. 그런 것은 자유나 속박이라는 너저분한 단어들로 표현될 만한 것들이 아니야. 저 산천에 거해 조용히 살아가는 은자들처럼, 나나 말코가 나서지 않는 이유가 거기에 있다."

혜정 대사의 깊은 혜안(慧眼) 속으로 어지러움과 깨달음 사이에서 꿈틀거리고 있는 한 마리의 작은 용 한 마리가 비쳐 들었다.

"네가 앞으로 어떤 선택을 할지 나는 알지 못한다.

나나 말코는 너에게 요리를 차려줄 능력이 있지만, 정작 수저를 뜨는 사람은 너다. 언제나 그렇지. 내 굳이 떠나는 이 순간에 이런 말을 하는 것은……."

이번에 노승의 눈으로 비친 것은 놀란 얼굴을 한 두 여인이었다.

"…언젠가 알게 될 날이 올 것이다."

그 말을 끝으로 혜정 대사는 홀연히 사라졌다.

마치 지금까지의 일들이 한바탕 일장춘몽(一場春夢)이라도 되는 것처럼, 혜정 대사가 없어진 이곳은 유난히 춥고 어색하기 짝이 없었다.

"자, 나도 이제 슬슬 가보겠네."

언제 꾸렸는지 두꺼운 털옷에 봇짐까지 단단히 동여맨 임 의원은 묘하게도 홀가분한 얼굴이었다.

갑작스러운 이별.

충격이 가시기도 전에 얹어진 노의원의 말은 더더욱 강비를 당혹케 했다.

"의원께서는 어디로 가십니까?"

"하남으로."

"하남이요?"

"암천루라는 곳이 하남에 있다면서? 그곳에 한 번

가보려 하네만."

놀랄 수밖에 없는 일.

강비의 눈이 커졌다.

"암천루에……."

"신승께서 말씀하셨네, 조만간 큰 환란이 하남에서 터진다고. 넌지시 말씀하신 것치고는 눈치가 예사롭지 않았어. 그토록 많은 사람들이 다치고 죽어갈 것이 눈에 훤한데 신통찮은 재주라도 활생(活生)을 위해 써야지 이곳에서 썩히면 누가 좋아라 하겠는가. 들어보니 자네가 암천루에 속한 무인이라면서? 그곳에 가면 적어도 소박맞을 일은 없다고 했으니, 한 번 발품이나 팔아볼 작정이네."

혜정 대사와는 다른 면에서 깨달음이 남달라 보이는 임 의원이었다. 인간적인 자상함이 주름 가득한 얼굴 곳곳에서 보인다. 강비는 고개를 끄덕였다.

"조만간 다시 뵙겠습니다."

"어쩐지 자네와는 자주 보게 될 것 같으이. 먼저 가볼 터이니, 천천히 오시게."

그렇게 임 의원도 떠나 버렸다.

남은 건 강비와 민비화, 그리고 백단화.

"두 사람은……?"

"당연히 당신을 따라가죠."

대답할 가치도 없다는 듯 칼같이 내뱉는다. 백단화의 아리따운 미소 역시 민비화의 뜻에 동의하고 있었다.

강비는 어깨를 으쓱였다.

"그래, 그럼."

3.
철마신(鐵魔神)

새하얀 달빛 아래, 널찍한 바위 위에 앉은 진관호의 모습은 제법 운치가 있어 보였다. 조촐한 안주상과 고풍스러운 술병 두 개에 술잔 두 개가 정갈하게 깔렸으니, 신선놀음도 이처럼 아름답기 힘들 듯했다.

멀리서 그 광경을 지켜보던 황보산은 가만히 한숨을 쉬었다.

'암천루주 진관호라……'

서문종신의 극찬을 받은 무인이라 그런지 묘하게 어깨에 힘이 들어가는 것 같았다. 그처럼 대단한 무인을 모르고 살았다는 자책감과 그런 무인과 대담(對談)

을 가져야 하는 부담감이 그의 몸을 태산같이 무겁게 만들고 있었다.

"날씨는 제법 쌀쌀해도 달빛이 좋아 술자리로는 부족함이 없을 겁니다. 와서 몸이나 데우시지요."

부드러운 목소리가 황보산의 귀를 울린다.

저 멀리 떨어진 진관호의 음성이 바로 옆에서 속삭이는 것처럼 그를 잡아끌었다. 웅장하고도 세밀한 내공 조예(內功造詣)였다, 어지간한 무인은 감히 꿈도 꾸지 못할 정도의.

천천히 걸어가 그의 맞은편에 앉은 황보산의 얼굴이 약간의 어색함을 품었다.

진관호가 빙긋 웃었다.

"산동 황보세가의 가주를 뵙습니다."

서서 예를 차려도 부족할 판에 웃으며 인사를 건넨다. 황보산으로서도 일찍이 이런 인사를 받아본 기억이 없던 바, 불쾌감을 느낄 수 있음에도 그는 전혀 불쾌하지 않았다.

지닌 무력을 떠나 그에게는 일문(一門)을 이끌어나가는 주인의 품격이 있었다. 그러한 품격과 분위기가 황보산의 기분을 격하게 만들지 못하도록 강제(强

制)한 것이다.

심지어 자신이 황보산이라는 것도 알고 있었다. 아무에게도 말하지 않은 채 서문종신의 방에 들어섰음에도 정체를 이미 파악하고 있었다는 뜻.

실로 놀라운 자라는 것을 부정하기 힘들었다.

"저야말로 루주를 뵙게 되어 영광입니다. 산동 구석에 처박혀서 주먹질만 해 대는 못난 무부(武夫)가 이 사람입니다."

무척이나 저자세로 나오는 황보산이었다.

상대가 이렇게 나와주면 대화의 포문을 열기가 쉬워지는 법이다. 진관호는 웃으며, 그러나 직설적으로 물었다.

"서문 노인과의 회포는 잘 푸셨는지요?"

"......!"

거기까지 알고 있었던가.

하기야 이름까지 알고 있는데 그게 무슨 대수일까.

그는 안색을 풀었다.

"민망하게 되었습니다. 아무리 친분이 두터워도 객(客)인 이상 주인께 먼저 인사를 함이 옳을 터, 사람이 우매하여 이런 실례를 끼쳤습니다."

"신경 쓰지 않으셔도 됩니다. 서문 노인은 저희에게도 무척 특별한 분이십니다. 충분히 이해하고 있으니 심려 놓으시지요."

부드럽게 흘러가는 대화였다. 부드럽되, 그 속에는 묘한 긴장감이 있었다.

"한잔 받으시겠습니까?"

"고소원(固所願)이지요. 언제 따라 주시나 했습니다."

"하하! 황보세가가 호한(豪漢)의 세가라고 명성이 자자하더니, 과연이로군요. 사천의 검남춘(劍南春)입니다. 입에 맞으실까 모르겠습니다."

"산동 촌놈의 입이 오늘 호사를 누리게 생겼습니다."

매끄럽게 따라지는 술. 아름다운 주향(酒香)이 은은하게 퍼진다. 매서운 초겨울의 바람도 향기로운 내음을 없애지 못했다.

"요새 저희 쪽에서 음으로 양으로 도움을 많이 받고 있습니다. 암천루의 능력이 실로 상상 이상이라, 지금껏 이런 저력을 갖고 있다는 걸 간파하지 못한 두 눈을 뽑아버리고 싶은 심정이군요."

"발버둥이랍시고 치고 있는데, 그것이 용케 도움이 된다니 다행입니다."

"허허, 너무 겸손하십니다. 귀 파에서 나서주지 않았다면 작금의 상황이 상당히 막막했을 겁니다."

부드럽게 오고 가는 술잔이지만, 어느새 그들의 대화는 현 강호의 정세로 흘러가고 있었다. 술잔을 마주하며 밤을 새워도 모자랄 아리따운 자리이건만, 이야기는 생각보다 빠르게 진행되었다.

"새외사문(塞外四門)의 힘이 대단하긴 대단한가 봅니다."

"그렇지요. 사실 깜짝 놀랐습니다. 편하게 산동 구석에 처박혀 있다가 된통 얻어맞은 기분이랄까요. 고수 층도 그렇지만, 그리도 세작을 많이 심어놓았을 줄은 상상도 못했습니다."

"작정을 한 것이겠지요."

"루에서 나서주지 않았다면 본 맹에 대머리들이 많이 생겼을 겁니다. 머리카락을 죄 쥐어뜯었을 테니까요."

"하하, 아닙니다. 몇 잡긴 했어도 사실 제대로 잡은 건 아니지요. 잡초는 뿌리를 뽑아야 나지 않는 법인데, 어설프게 뜯기만 해놨으니 훗날 어찌 될지 모르겠습니다."

"미봉책(彌縫策)이라 해도 한숨 돌리지 않았습니까? 그것으로 충분한 의미가 됩니다."

"그리 봐주시니 몸 둘 바를 모르겠습니다."

시종일관 웃으며 답하는 진관호였다.

그런 그를 보며 황보산은 묘하게 당황하고 있었다.

'본모습을 모르겠군.'

모호한 자였다.

일파를 이끌어가는 주인의 품격과 세상 누구에게라도 감탄을 받을 만한 예법이 깃들어 있다. 겉으로 보자면 군자도 이런 군자가 없을 지경이다.

'그러니 더 무서운 인물이겠지. 웃는 얼굴 속에 칼 같은 결단력이 있다 하니.'

그는 서문종신의 말을 십 할 믿었다.

애당초 거짓말을 할 성격도 아니거니와, 그가 극찬하는 데에는 이유가 있을 것이다. 서문종신이 평생에 사람 칭찬했던 꼴을 못 봤던 황보산이다.

그런 그가 무서운 인물이라 했으면, 진정 천하에서도 손에 꼽힐 만한 위험인물이라 보아도 무리가 없을 터.

그러나 자신 역시 한 지역의 패주(覇主) 소리를 듣는 자였다. 제아무리 위험인물과의 대담이라 한들 어쭙잖은 말로 분위기를 풀어가는 시간은 최대한 줄여야 마땅했다.

황보산은 결단을 내렸다.

"실상 이렇게 루주를 뵈러 온 것은 나름의 이유가 있습니다."

"말씀하십시오."

"서문 어르신께는 이미 말씀을 드렸던 바입니다. 미리 말씀을 못 드린 점, 다시 한 번 죄송하게 생각합니다."

"괜찮습니다. 하시던 말씀 계속하시지요."

"툭 터놓고 얘기하겠습니다. 제가 이곳에 온 이유는… 암천루에 도움을 요청하고자 함입니다."

진관호의 눈썹이 살짝 올라갔다.

"도움을요?"

"그렇습니다. 의뢰가 아닌 도움을 청하려는 목적입니다."

"도움이라면, 어떤 도움을 말씀하시는지?"

"천의맹에 힘을 보태주십시오."

짧고 간단한 요청이지만, 그 뜻만큼은 결코 간단하지 않았다.

의뢰가 아닌 부탁으로 온 요청이 천의맹에 힘을 보태달라는 것이었다.

말인즉, 함께 싸울 동반자로사 손을 잡자는 것.

이제까지의 움직임과 판이하게 다른 것을 요구하는 바와 진배없었다.

진관호의 대답은 무척이나 빠르게 돌아왔다.

"죄송하지만, 그 말씀은 못 들은 것으로 하지요."

일언지하의 거절이었다.

이렇게까지 빠르고 단호하게 대답이 나올 줄 몰랐기에 황보산은 다시 한 번 당황했다.

"그러시리라 짐작은 했습니다만, 가주께서는 저희 암천루라는 곳을 잘 알지 못하시는 듯합니다."

둥글게 미소를 짓던 진관호의 눈동자가 일순 형형하게 빛났다.

이전 군자의 모습을 천천히 탈피하는 암천루주.

껍질을 한 꺼풀 벗겨낸 그의 눈동자는 스산할 정도의 위압감이 있어, 황보산은 자신도 모르게 침을 삼

켰다.

"암천루는 의뢰를 받고 일을 수행해 주는 단체입니다. 여타 강호의 문파와는 다르지요. 본 루가 삿된 무리들마냥 고약한 의뢰까지 받지는 않지만, 그렇다고 협행(俠行)에만 힘쓰는 광명정대한 집단도 아닙니다. 우린 철저하게 의뢰를 받은 대로만 행동하며, 그 어떤 문파에게도 온전하게 몸을 내맡기지 않습니다. 나름의 법칙과 법도가 있다는 겁니다."

부드러운 어조 속, 천천히 고개를 드는 대호(大虎)의 위엄이 주변 영역 전체를 휘어잡고 있었다. 항상 피곤에 절어 살던 진관호의 모습이 아니었다.

"무림연맹, 천의맹에서 의뢰가 왔기에 지금도 새외 사문을 견제하는 역할로서 일을 수행하고 있습니다. 솔직히 말씀드리건대, 상당히 무리를 하는 중이지요. 의뢰가 들어왔으니 그에 합당한 결과물을 내기 위해 노력하고 있지만, 마음 같아서는 의뢰 자체를 수행하고 싶지 않습니다. 이런 거대 분쟁에 휘말릴 경우, 결코 좋은 꼴을 보지 못함을 잘 알기 때문입니다."

"……."

"그럼에도 저희 측에서 곳곳의 세작을 잡아내고 있

는 것은 전적으로 받은 은(恩)을 갚기 위해서입니다. 서문 노인이, 의선문주가, 그리고 그 외에 많은 곳에서 받은 은을 조금이라도 갚아 나가고자 의뢰 대금조차 받지 않고 있다는 걸 알고 계십시오."

"의뢰 대금이라면 저희 쪽에서……."

"천만금을 준다 해도 말씀하신 요청에 응할 수 없습니다. 동료의 목숨을 소중히 생각하는 것은 정파 무인들만의 전유물이 아닙니다. 나 역시 일파의 주인으로서 나의 동료들을 아낍니다. 가능성의 여부를 떠나, 언제 죽을지도 모르는 사지(死地)에 무턱대고 던져 두는 짓은 더 이상 하지 않으렵니다."

무서울 정도로 진지한 어조였다. 바늘 하나 들어갈 틈조차 없어 보였다. 이러한 완강함을 예상치는 못했기에 황보산은 묘한 실망감과 약간의 배신감을 느꼈다.

"사대마종을 물리치는 일입니다. 중원의 무인으로서 어찌 그런 말씀을 하시는지 모르겠습니다. 문파와 조직의 법도를 떠나 대의(大義)를 위한……."

"천의맹의 대의이지, 암천루의 대의는 아닙니다. 천의맹과 새외사문의 대립이지, 중원 무인들과 새외 무인들의 대립이 아닙니다. 대의라는 미명하에 세력을 끌어들일 거라면 분명히 말씀드리건대, 가주께서 잘못 찾아오신 겁니다. 차라리 대륙 곳곳에 숨은 살수 조직으로 가보심이 좋을 듯합니다."

황보산은 충격을 받았다.

대의라는 두 글자를 내뱉음으로써 다른 조직을 끌어들이려는 스스로의 고약한 행동에, 그리고 한 치의 망설임 없이 자신의 의지를 내뱉는 진관호의 말투에.

"그것은……."

차마 말을 잇지 못하는 황보산이었다.

하지만 진관호가 암천루를 이끄는 루주라면 그 역시 황보세가라는 거대 집단을 이끄는 수장이었다. 금세 신색을 찾은 그는 가볍게 한숨을 쉬었다.

"제가 너무 성급했던 것 같군요."

"괜찮습니다."

담담한 기색.

조용히 술잔을 들어 입에 들이붓는다. 부드러움과 호쾌한 예의가 공존하고 있었다. 쌀쌀한 바람과 달빛을 동시에 받은 진관호의 모습은 무척이나 신비로워 보였다.

이전의 위엄은 어디로 가고, 다른 사람이 되었다.

참으로 종잡을 수가 없는 인물이었다.

적지 않은 인생을 살아온 황보산으로서도 일찍이 겪어본 바 없던 자이니, 생경함에 매번 당황하는 것도 무리가 아니었다. 그릇의 크고 작음을 판단할 수는 없어도 실로 놀라운 자라는 것만큼은 부인하기 어려웠다.

황보산은 문득 치미는 의문이 있어 입을 열었다.

"실례되는 질문인지 모르겠지만, 궁금한 것이 생겼습니다. 하나 여쭈어도 되겠습니까?"

"말씀하십시오."

"암천루는 의뢰를 받음에 있어 바름과 삿됨은 구분하되, 차별을 두지 않는다고 하셨지요?"

"그렇습니다."

"그렇다면, 타당한 의뢰라면 새외의 의뢰라도 받아들일 생각이 있다는 뜻이로군요."

"물론입니다."

바로 튀어나오는 대답에 황보산은 다시 한 번 당황해 버렸다. 어쩐지 오늘은 무척 자주 당황한다고 생각하며 그는 말을 이었다.

"공사 구분이 철저하시군요."

"이제껏 본 루가 유지될 수 있던 이유이기도 합니다."

"하면 이건 어떻습니까?"

가볍게 헛기침을 한 황보산이 눈을 돌렸다.

"만약… 내가 이러한 사실을 천의맹에 전달하여, 천의맹이 암천루를 공격하는 사태가 되도록 조장한다면 루주께서는 어찌 대응할 생각이십니까?"

진관호는 빙긋 웃었다.

참으로 묘한 웃음이라고 황보산은 생각했다.

마치 어린아이의 재롱을 바라보는 어른의 그것과도 같았고, 그럴 리 없지 않느냐고 묻는 것처럼 여겨지기도 했다. 겉으로 보기에는 한 점의 적의도 없는 듯했다.

그러나 그의 입에서 나온 말까지 부드러운 건 아니었다.

"암천루는 그 즉시 전시체제로 돌입하겠지요."

전시체제.

유사 이래 인간이 사용한 단어들 중 세 손가락 안에 들 정도로 긴장감 있는 단어 조합이었다.

"서문 노인과 친분이 깊으시고, 보아하니 가주 역시 호방한 분이시라 말씀드리건대⋯⋯."

달을 쳐다보던 황보산의 눈은 어느새 진관호의 두 눈에 고정되었다.

"암천루가 희생을 감수하고 작정하여 전력을 투입하면, 적어도 석 달 열흘 안에 천의맹의 수뇌란 수뇌는 모조리 저승길로 보내 버릴 수 있다는 걸 명심하십시오. 아실는지 모르겠지만, 이것은 사실입니다."

오싹, 소름이 돋는다.

가능성의 여부를 떠나 진관호는 진심으로 그리 생각하고 있다는 사실이 황보산의 가슴을 시리게 만들었다.

"제가 굳이 행동으로 보이지 않고 이리 장황하게 설명을 하는 것은 나름의 이유가 있습니다. 부디 가주께서는 깊이 헤아려 주시길."

어찌 그 뜻을 모를까.

진관호가 암천루의 전력을 들먹이고, 다소 과한 어조로 이야기를 한 것은 결코 천의맹과 적이 되고 싶지 않다는 뜻이었다. 적이 되고 싶지는 않되, 혹시라도 적이 된다면 두말없이 덤벼주겠다, 이러한 뜻이 내포

되어 있는 것이다.

'실로 무서운 조직……!'

세작을 잡는 데 능하고, 정보 조작에 일가견이 있는 조직이라고만 여겨왔는데, 완전히 잘못 짚었다.

암천루.

강호 음지에서 활동하는 조직.

그들의 힘은 치명적인 독사의 엄니와 같아, 천의맹이라는 호랑이도 자칫 잘못하면 물려 죽을 수 있을 만한 저력을 갖고 있던 것이다.

"루주의 진심, 이 무부가 잘 알아들었습니다."

"미천한 자의 말씀을 들어주셔서 감사할 따름입니다."

"아닙니다. 주먹질만 할 줄 아는 무부가 크게 배우고 갑니다."

천천히 얼어서는 황보산.

대담하기 전보다 한결 후련해진 표정이 인상적이다. 이때만큼은 진관호도 감탄을 아니 할 수가 없었다. 황보산이 진관호를 보며 크게 놀랐다면, 지금 이 순간만큼은 황보산의 존재 역시 진관호에게 있어 대단한 놀라움이었다.

소위 강호 명숙이라는 자들 중에 이리 담백한 자가 있다니, 탁상공론(卓上空論)이라는 말이 괜히 생긴 것이 아님을 제대로 느끼게 해주는 인물이었다.

"살펴 가십시오."

"그럼."

그 커다란 덩치를 갖고 있음에도 신법의 조예가 실로 깊었다. 그야말로 연기처럼 사라져 버리는 황보산이었다.

조용히 검남춘 한 잔을 따르던 진관호가 가볍게 한숨을 쉬었다.

"이러다가 과로로 죽겠군."

강호 정세가 급격하게 변하다 보니 여기저기 신경 써야 할 부분이 많았다. 그렇지 않아도 업무가 많아 부담스러웠는데, 이건 엎친 데 덮친 격이었다.

"거기서 구경하지 마시고 이리 와 한잔 드십시오."

"끌끌."

황보산이 사라졌던 그 자리.

바람처럼 등장한 서문종신이 냉큼 앉아서 술잔을 들었다.

"사천 검남춘이라……. 좋은 술 꽁꽁 숨겨두는 줄

내 예전부터 알고 있었지."

"힘들어 죽겠는데 이런 거로라도 피로를 풀어야 하지 않겠습니까?"

"음주가 몸에 좋다는 개소리는 또 처음이군."

"피로를 푼다고 했지, 몸에 좋다고는 안 했습니다."

"그게 그거 아냐."

"뭐, 별 상관은 없겠지요."

지친 얼굴로 연거푸 석 잔을 냅다 들이켜는 진관호였다. 눈두덩이를 손가락으로 지그시 누르는 걸 보니, 당장에라도 침대에 눕고 싶은 모양이었다.

"어때? 루주가 보기에."

"뭐가요?"

"산이 놈 말이야. 조금 전까지 루주 맞은편에 앉아 곰살맞게 징징대던, 덩치 큰 놈."

천하의 황보세가주를 이렇게 말하는 사람도 없을 것이다. 진관호의 얼굴에서 피식 실소가 새어 나왔다.

"괜찮던데요?"

"뭐가 괜찮아. 대가리만 커져서 제 누울 곳도 못 보는 머저리지."

"인간미가 있지 않습니까. 사람이 너무 완벽하면

매력이 없어요."

"클클, 그런 걸로 인간미가 판단되는 거라면 저놈은 세상에서 제일 인간미 있는 놈일 게다."

말은 좀 그렇지만, 진관호도 어느 정도 동의하는 바였다.

타고난 성정이 다소 급한 것 같지만, 충분히 인간적인 매력으로 돌릴 수 있는 사람이다. 그렇다고 둔한 사람도 아니니, 이런 복잡다단한 자리가 아니라면 제법 사귈 만한 사람이라는 생각이 들었다.

"어떻게 생각하나?"

"또 뭐가요?"

"산이가 제안한 것 말이야."

"처음부터 끝까지 다 듣고 계셨던 분이 별걸 다 물어보십니다."

"이런! 들켰나?"

"낄낄대며 웃는 소리가 천둥처럼 들리던데요?"

서문종신은 멋쩍게 웃으며 뒤통수를 긁었다. 나름 내공의 방벽으로 소리를 차단시켰다고 생각했는데, 황보산은 속일 수 있어도 진관호의 오감까지 속이진 못한 모양이었다.

"그래도 루주의 생각을 듣고 싶군."

"들으셨던 그대롭니다. 지금 당장이라도 저치들 싸움에서 발 빼고 싶은 게 제 본심이니까요."

"그렇겠지."

아예 술병 하나를 잡고 한 모금 마셔 버린 서문종신의 눈이 모처럼 진지해졌다.

"아무리 개망나니처럼 살던 인간이라도 늙으면 조바심이 생기고 걱정거리가 슬그머니 올라오기 마련이지. 나도 그래. 요새는 침상에 누워도 반 시진은 지나야 겨우 잠이 오더군. 그러면서도 닭이 울기 전에 벌떡 일어나더라, 이거야. 늙은 게지."

"제가 보기에 반백년은 더 사실 것 같습니다만."

"십 년을 더 살든 백 년을 더 살든 실상 그게 문제가 되는 건 아니지. 내가 묻고 싶은 건 따로 있어. 어차피 우리는 천의맹을 도와줄 수밖에 없는 입장이라는 것, 루주가 가장 잘 알고 있지 않나? 한데도 그처럼 딱 선을 그은 이유가 뭔가 싶은데?"

사실이었다.

사대마종이라 불리는 저들은 이미 암천루라는 조직에 대해 알고 있었다. 어느 정도의 저력을 갖고 있는

지는 파악하지 못했을지라도, 껄끄러운 존재라는 것 정도는 차고 넘칠 만큼 알고 있을 것이다.

그간 그림자 속에서 무던히도 괴롭히던 암천루를 저들이라고 가만히 둘까. 대대적인 집단전을 벌이기 전에 공격이나 받지 않으면 다행일 정도였다.

의뢰든 부탁이든 이미 한 발 걸친 이상, 사대마종에게 있어서 암천루는 깨부숴야 마땅할 적, 그 이상도 이하도 아니었다.

이 정도 영역까지 개입을 했다면 좋든 싫든 같은 배를 타는 것이 상식적으로 옳은 판단이었다.

"산이가 말하기를, 만약 천의맹 측과 함께한다면 수하로 들어오게는 하지 않는다고 하더군. 대등한 입장에서 별동대의 역할을 해달라는 분위기던데……."

"그렇습니까? 거기까지는 몰랐는데."

음색에 고저가 없다. 별동대든 뭐든 애초에 개의치 않는다는 기색이니, 서문종신의 눈썹이 살짝 좁아졌다.

"지금만큼은 나도 루주의 생각을 잘 읽지 못하겠군. 따로 복안이 있는 겐가?"

"복안이라……."

천천히 고개를 들어 휘영청 뜬 달을 바라보는 진관호의 눈빛은 무척이나 묘했다.

슬픔과 분노, 피로와 활기, 회한과 기대가 섞인 빛깔이었다.

"서문 노인은 아실 겁니다, 오대세가가 정예들을 급파하여 저희를 치러 왔을 때 제가 왜 그놈들을 박살내지 않고 쥐새끼처럼 도망쳤는지."

"잘 알지."

"작정을 했다면 그 자리에서 놈들을 모조리 쓸어버릴 수도 있었지요. 하지만 그러지 않았습니다. 훗날을 위해서였지요. 암천루가 없어질 수도 있다는 불안감과 내 동료들이 무의미하게 죽을 수도 있다는 절망감 때문이었습니다."

"……."

"저는 이 조직을 위해서라면 백 번, 천 번이고 무릎을 꿇을 수 있습니다. 쥐새끼처럼 도망칠 수도, 벌레처럼 땅을 길수도 있어요."

진심일 것이다.

실제로 그러했고, 항상 그러하고, 앞으로도 그럴 것이다.

진관호의 입가에 씁쓸한 미소가 어렸다.

"서문 노인, 무척이나 묘하지 않습니까? 저는 위험한 의뢰에 동료를 보냅니다. 아무리 실력이 좋은 녀석들이라도 사지(死地)에 보내는 제 심정은 마냥 좋을 수가 없습니다. 저는 동료를 제 몸처럼 아끼지만, 그러면서도 위험에 내던지고 있습니다. 의뢰라는 명목하에. 아마 평생을 자조(自嘲)하며 살아갈 겁니다, 저는."

비틀린 모순 속의 삶이었다.

그들의 선택으로 암천루의 사람이 되었지만, 동료라는 이름으로 얽힌 이상 모든 책임을 개개인에게 떠맡길 수 없는 입장이 되어버린 것이다. 그는 한 조직의 장이었다.

"그래서일 겁니다, 애초에 살아남을 수 없는 녀석들을 본 루에 영입하지 않는 것은. 전 가슴이 무척이나 좁은 사람입니다. 견딜 수 없는 자에게 정을 주어 훗날 아파하기가 싫어요. 능력 있는 자보다 생존 능력이 좋은 자를 뽑는 것은 이런 치졸한 마음에서 비롯된 겁니다."

어떤 슬픔을 바라보고 있는 것일까.

천지를 뒤흔들 무공을 갖춘 진관호임에도 지금만큼은 격동을 감추기 어려웠는지, 두 눈에 어린 습막이 달빛을 받아 반짝이고 있었다.

"그러나 강호를 살아가는 무부에게 있어 생사의 갈림이란 언제 어느 때에 찾아올지 모르는 것이지요. 이 치졸한 놈이 바라는 죽음 속의 최소한은, 동료들이 개죽음당하지 않도록 노력하는 겁니다. 이 치졸한 놈이 바라는 죽음 속의 최대한은, 동료들이 죽어도 명예롭게 죽도록 만들어주는 겁니다."

서문종신의 눈에도 아픔이 어렸다.

가장 오랫동안 진관호와 지냈기에 그의 절실한 마음을 이해할 수 있던 것이다.

"저는 최대보다 최소를 바랍니다. 명예로운 죽음? 그따위 것은 털끝보다도 가치가 없는 것입니다. 개죽음당하지 않도록 만드는 것. 제가 황보가주의 제안을 거절한 가장 큰 이유가 그것입니다. 그 어디에도 속하지 않는 어중간함. 그렇게 해서라도 개죽음당하지 않는다면 저는 주저하지 않고 그 길을 택합니다. 천의맹과 손을 잡아봤자 결국 전쟁이 끝난 후에 토사구팽당하지 않으면 다행일 겁니다. 그따위 말도 안 되는 도

박판에 내 동료들의 목숨을 올릴 수는 없습니다."

충분히 이해할 수 있는 말이었다. 이해할 수 있되, 현명한 처사는 되지 못했다.

하지만 또한 그렇기에 서문종신은 진관호를 좋아했다. 이 인간적인 남자를 좋아하는 이유가 달리 있는 것이 아니었다.

"그러나 저놈들은 루주의 마음을 알지 못해. 특히나 사대마종은 거칠게 들어오겠지. 현실적으로 암천루가 살아남을 수 있는 확실한 방안이 있어야 해. 그 어떤 것도 찾아내지 못한다면, 달갑지 않더라도 저 천의맹과 손을 잡는 것이 미봉책일지언정 최선의 수가 될 거야."

"그렇겠죠."

"루주가 아무런 생각도 없이 그리 판단을 내렸다고는 믿지 않아. 분명 수가 있겠지. 하지만 당장 궁금해하지는 않겠어. 알아서 잘할 테니, 오늘은 이만하고 간만에 술이나 한잔하지."

달빛 아래 마주하는 두 개의 술잔.

거친 세파 속에 지친, 그러나 불굴의 의지로 앞길을 헤쳐 갈 절대자들이 미소를 지으며 잔을 들었다.

향기로운 검남춘의 아리따운 색깔이 두 남자의 변함없는 우애를 조용히 축하해 주고 있었다.

*   *   *

하북 지방, 오대세가 중 하나이자 천하 도법(刀法)의 조종이라 불리는 팽가(彭家)의 숱한 고수들을 제하고는 감히 제일의 도객이라 자부하는 단천인(斷天刃) 전담옥(全擔玉)은 순식간에 얼어붙은 자신의 손을 보며 이것이 말로만 듣던 호접지몽(胡蝶之夢)이라는 걸 깨닫고 감탄했다.

제아무리 겨울바람 차갑다지만 아직 초겨울에 불과한 날씨였고, 설령 동장군(冬將軍)이 기승을 부리는 연초라 할지라도 내외공이 절정에 달한 그의 육체가 이처럼 빠르게 얼어붙을 수는 없었다.

그렇다면 꿈이 분명할진대, 절정고수라 할 만한 전담옥의 의식으로 볼 때, 꿈과 현실을 구분하는 건 참으로 간단한 일이었다.

이건 분명 현실이다. 그러나 발생한 현상은 꿈과 같다. 이것이야말로 호접지몽이 아니고 무엇이랴.

십 세에 처음 칼을 쥔 이후 일각도 단련을 쉬지 않던 그의 몸뚱이가 통제를 잃어버리는 건 한순간이었다. 감탄으로 물들었던 전담옥의 얼굴에 공포의 빛이 떠오르고, 마침내 그의 몸 전체가 꽝꽝 얼어붙어 뒤로 넘어가 버렸다.

"뭐야!"

갑작스레 쓰러진 전담옥을 보며 만효가 눈살을 찌푸릴 때, 무시무시한 속도로 짓쳐 오는 한 줄기 장력이 그의 손을 반사적으로 움직이도록 만들었다.

꽈앙!

세 걸음이나 뒤로 물러선 만효였다. 용화신 위진양의 장공을 막았던 그때처럼, 황급히 도신으로 막지 않았다면 물러나는 것으로 끝날 만한 힘이 아니었다.

한 줄기 암경(暗勁)으로 하북의 절정고수 전담옥을 동사시켜 버린 백단화의 손이 다시 한 번 허공에서 세 번 연이어 질러졌다.

작정하고 펼쳐 낸 연환삼첩장(連環三疊掌).

만효의 거도가 춤을 추었다.

꽈아아악!

보이지 않는 묵직한 장력이 수십 줄기로 찢겨 나갔

다. 튕겨 나간 경력의 여파로 곳곳의 땅이 움푹 파였다. 여파의 편린만으로도 어지간한 고수가 내상을 입을 판이었다.

"누구냐!"

순식간에 전투태세로 돌입하는 만효였다. 심성의 악랄함은 그대로일지언정 그 역시 일세를 풍미할 고수였다. 뭉클 치솟는 기파에서는 한 점의 빈틈도 찾을 수가 없었다.

백단화는 아무런 말이 없었다. 그저 차가운 눈으로 만효를 노려보며 조용히 기파를 발산시킬 뿐이었다.

'음…….'

만효의 눈이 침중하게 굳어졌다.

기습에 가까운 장력을 상대하면서 느꼈지만, 이 젊은 여인은 결코 만만히 볼 고수가 아니었다. 전면에서 풍기는 존재감이 그야말로 엄청났다. 이제 고작 삼십이나 되었을 법한 여인의 몸에서 발산되는 기라고는 도무지 생각할 수 없을 만큼 살벌하기 짝이 없었다.

'대단한 강자다. 심지어 계집이 이런……?!'

천하의 철마신 만효가 난감함을 떠올릴 만한 고수.

주변에 포진한 무인들 역시 병장기를 꼬나 쥐며 이

신비의 여고수를 둘러쌌다.

한 수로 자신의 강함을 선보인 백단화.

그들은 쉽게 덤빌 수 없었다.

후욱.

묘한 대치 상황에 다시 한 번 묵직한 무언가가 끼어들었다.

얼마나 기척을 숨기는 데에 열성을 다했는지, 한순간 개방되는 기파가 실로 무자비하다는 단어가 떠오를 정도였다. 영역 전체를 진동케 할 만큼 막강한 기가 천지를 가득 메웠다.

거도로 백단화를 겨눈 채 만효의 고개가 천천히 돌아갔다.

그곳에는 새로이 나타난 일남일녀가 있었다.

후리후리한 키의 여인은 그 나이 대에 찾아보기 힘들 만큼 발군의 존재감을 풍기고 있었다.

신비로운 기도.

중원 어느 곳을 찾아봐도 비슷한 기질을 찾기 힘든 독특한 기운이었다.

그러나 그러한 여인의 신비함도 옆에 선 남자의 묵직함에 비하면 모조리 파묻힐 것만 같았다.

'이건 또 무슨 괴물이냐!'

만효는 쩍 벌어지는 주둥이를 다물 수가 없었다.

겉모습부터 범상치가 않았다.

적색 무복 위로 오금 아래까지 내려오는 시커먼 장포를 걸친 남자는 그야말로 온갖 무기를 몸에 장착하고 있었다.

장포 속으로 얼핏 드러난 좌측 허리춤에는 쌍수검(雙手劍) 형태의 장검(長劍) 한 자루를 찼고, 우측 허리춤에는 시커먼 채찍이 돌돌 말려 걸렸다. 가죽끈으로 맨 두 자 길이의 날렵한 소도(小刀) 두 자루가 등에 메어져 있는데, 견문 넓은 만효가 보기로 그것은 저 왜국(倭國)의 무리들이 쓴다는 소태도(小太刀)와 무척이나 닮아 보였다.

뿐인가. 상체를 사선으로 가로지르는 또 다른 가죽끈에는 비수 십여 자루가 빽빽하게 꽂혀 있고, 허벅지 양쪽에는 투척용 철정(鐵釘)이 다섯 개씩 장착되어 있다. 심지어 손에는 시커먼 천으로 싼 기다란 뭔가가 들렸는데, 누가 봐도 한 자루의 창임이 분명했다.

이 정도 무장이라면 거의 살아 움직이는 병기 창고라 불릴 만했다. 강호에 흔히 나다니는 낭인들도 한 수 접어줄 무장이었다.

살벌하도록 많은 무기를 장착한 남자, 강비가 옆의 여인에게 물었다.

"용두방주는 어때?"

민비화는 빠르게 위진양의 상세를 살폈다.

"내상이 심한데다 중독까지 됐어요. 공력이 심후해서 어떻게든 버티겠지만, 빠른 치료가 필요하겠는데……."

"독의 종류는 알겠어?"

"이 독은… 극독이면서도 묘하군요. 술력(術力)이 느껴지는데……. 청사혈(靑死血)이나 혈사문 같은 주독(呪毒)이네요. 증상으로 봐서 혈사문 같아요."

"골치 아프게 되었군."

주독.

극독에 저주(詛呪)를 건 술가지독(術家至毒)을 말함이었다. 단순히 독성을 몰아내는 것이 아니라, 저주술까지도 풀어야 하기에 한 번 중독이 되면 살아남기가 쉽지 않았다.

강비의 눈이 만효를 향했다.

시리도록 번쩍이는 안광이었다.

나른한 가운데 당장에라도 폭발할 듯한 신기가 느껴지는 눈.

만효는 저런 눈빛을 한 무인이 저리 젊을 수 있다는 것에 아연실색할 수밖에 없었다.

"마기, 그것도 굉장히 짙은 마기다. 당신은 비사림 소속인가?"

누가 들어도 버릇없다 할 만한 어조였다.

막강한 고수들의 출현에 얼이 빠진 만효로서는 다시 한 번 기가 찰 수밖에 없는 상황이었다.

"네놈은 누구냐?"

"비사림 소속이냐고 물었어."

이십 년 넘게 강호를 종횡하면서 이런 오만방자한 놈들에게 단 한 번의 자비도 베푼 적 없는 만효였다. 그러나 문제는, 지금 눈앞에 있는 이 남자의 무공이 오만함을 든든하게 받쳐 주고 있다는 것이었다.

그러나 기분이 상하는 건 또 다른 문제다. 그의 전신에서 물씬 살기가 일어났다.

"주제도 모르는 놈이 감히!"

무시무시한 살기를 온몸으로 받으며, 강비는 고개를 갸웃거렸다.

"비사림이라…… 맞는지 아닌지 판단하기 어려워. 얼추 비슷한데, 가진 마기의 성질이 달라. 어쨌든 이 정도로 마기를 제련시킨 놈이 백도(白道)의 명숙을 고문하는 상황이라면 그냥 묵과할 수는 없는 일이겠지."

비사림을 언급한 강비의 눈이 차츰 스산하게 가라앉았다.

비사림.

악연도 그런 악연이 없다.

누가 먼저 시작했느냐를 떠나 이제는 돌아올 수 없는 영역까지 건넜다. 그들의 제일 척살 순위에 자신의 이름이 대문짝처럼 올라 있을 것이고, 강비 역시 웃으며 봐줄 의향은 없었다.

지금은 참는다.

아무도 없는 곳에서 마주쳤다면 불문곡직 병장기부터 휘둘렀을 테지만, 지금은 아니었다. 진짜 중요한 것이 따로 있기 때문이었다.

"누구인지 모르겠지만, 얌전히 물러나도록 해. 개방의 용두방주는 우리가 데려가겠다."

"뭐라?!"

"생각 같아서는 한 칼 어울리고 싶지만, 이쪽도 이

쪽대로 시간이 없으니 적당히 갈라서자는 거야. 아니면 붙을 건가? 승산 없는 전투라는 걸 모르지 않을 텐데?"

냉정하게 판단해 보면 강비의 말이 틀리지 않았다.

기파만 보아도 범상치가 않은 세 사람이다. 심지어 그중 둘은 천하삼절 중 일인으로 꼽히는 만효조차 긴장해야 될 정도로 막강한 기세를 풍기고 있었다. 십여 명의 절정고수가 속했다 해도 두 마리 호랑이가 날뛰는 순간, 이 주변은 피바다가 될 것이 자명했다.

하지만…….

문제는 만효라는 무인이 냉정함과는 다소 거리가 멀다는 사실이었다.

그렇지 않아도 위진양 덕에 무참한 패배감을 갖게 된 그였다. 그 와중에 시퍼렇게 젊은 놈이 예의 있다 말하기 어려운 어조로 협박 아닌 협박까지 감행했다. 울화통이 터져 뒷목을 잡지 않은 것만 해도 놀라운 일이었다.

"이런 죽일 놈! 철마신 만효의 이름을 네놈 심장에 새겨 박아주마!"

터져 나온 일갈(一喝)에 숲 전체가 진동하는 것만

같았다. 은은하게 풍기는 자욱한 마기가 실로 살벌함
의 극치를 달렸다.

상대의 전투 의지를 읽은 강비.

그의 눈에도 미약한 긴장감이 떠올랐다.

'대단해. 엄청난 강자야.'

철마신이라 했던가.

설마하니 천하삼절이라 꼽히는 초고수였을 줄이야.
하나 저 기세, 천하삼절 정도의 고수가 아니라면 감히
풍겨낼 수 없는 농도요, 깊이였다.

혜정 대사를 만나기 전이었다면 감히 덤빌 엄두도
나지 않을 법한 강자였다.

천랑군주의 무력을 생각나게 만드는 힘.

절대적인 영역에서 살아가는 극상승의 고수였다.

'드디어……'

살아가는 영역이 바뀌는 순간이었다.

뭔가를 초월한 자들이 날뛰는 세계다. 마침내 그 세
계로 발을 디딘 강비의 눈에, 만효는 일생일대의 대적
으로 보일 만큼 엄청난 기세를 풍기고 있었다.

"혓바닥을 뽑아 개먹이로 주마!"

파아악!

육안으로 보일 만큼의 마기를 짙게 풍기며 다가오는 만효였다. 핏발까지 선 눈이 공포스럽게 이글거린다. 이미 그의 두 눈에는 강비밖에 보이지 않는 모양이었다.

"용두방주를 들고 달려!"

외침과 함께 마주 달려 나가는 강비였다.

어쩐지 이렇게 될 것 같았다. 손에 쥔 용아창을 든 강비의 눈에 긴장감과 기대감이 동시에 흘러나왔다.

상황의 급박함을 생각하자면 환영하기 힘든 싸움이다. 그러나 무인으로서의 강비는 이 싸움에 환희하고 있었다.

막강한 대적과 생사를 결하며 알아갈 또 다른 무(武)의 세계.

이제는 천생 무인이라 불리기에 부족함이 없는 강비가 흥분할 모든 요소들이 만효에게 있었다.

파라락!

흑색 천으로 말린 용아창이 육중하게 질러 나가고, 패력으로 가득 찬 거도가 강인하게 찍어온다.

쩌어어어엉!

비산하는 경력이 허공으로 어지럽게 몸부림쳤다.

그 충격이 어찌나 강렬했던지, 둘은 달려오던 속도만큼이나 빠르게 뒤로 물러서며 충격을 흐트러트려야만 했다. 거도를 든 철마신은 세 걸음으로, 아가리를 벌렸던 광룡(狂龍)은 네 걸음으로.

만효의 얼굴이 수치심으로 일그러지고, 강비의 눈은 강인하게 빛났다.

'할 수 있다!'

첫수의 교환.

상대의 패도적인 공력에 조금 밀리긴 했지만, 물러서지 않아도 될 만큼의 힘을 갖춘 것이다. 혜정 대사와의 연공이 빛을 발하는 순간이었다.

'철마신이라면 강호공적(江湖公敵)인 개새의 마두라고 하였지.'

그만한 자의 힘을 정면에서 받아도 피해를 받지 않았다는 것. 실로 놀라운 일이었다.

스스로에게 명확한 확신을 가지니 손에 쥔 용아창에서 뿜어지는 힘의 깊이가 달라진다. 튕기듯 몸을 돌린 강비가 양손으로 용아창을 쥐며 어지럽게 휘둘렀다.

파파팡!

무시무시한 파공음이 주변을 울렸다. 수십 마리의 용이 몸부림을 치며 만효에게 쏟아져 갔다.

광룡창식, 광룡화란(狂龍禍亂)의 거친 공격력이었다.

"죽일!"

창과 거도가 난마처럼 얽혔다.

덩치는 만효가 더 컸지만, 키도 비슷하고 들고 있는 병장기 역시 중병(重兵)인지라 둘의 겨룸은 무척이나 호쾌하게 보였다. 그러나 호쾌함 속에 깃든 살의는 송곳처럼 날카롭고 불길처럼 뜨겁다. 빈틈 하나만 잘못 보이다간 목숨이 날아가는 것도 순간이 될 것이다.

쩌저저정!

신기에 이른 창술과 강렬하기 짝이 없는 패도의 부딪침.

둘 모두 일대 종사라 불리기에 부족함이 없는 무력을 갖춘 바, 각자의 영역에서 최대한의 강점을 살린 채 무섭도록 공방을 주고받는 모습은 일견 장엄하기까지 했다.

파아악!

격렬하게 부딪치다가 한순간에 사라지는 칼날.

무게감 넘치는 거도가 순식간에 사선으로 쏟아진다. 비할 데 없이 육중한 칼이 민활하게 움직이는 모습은 경이롭기까지 했다.

'우측 사선. 강공!'

터어엉!

바닥을 박차고 품 안으로 들어선다. 물러섰다면 기세를 잃었을 것이고, 맞부딪쳤다면 손해를 봤을 터. 강비의 순간적인 판단력은 빛을 발했다.

그러나 그의 판단력이 아무리 수준급이었다고 한들, 상대는 이십 년이 넘도록 강호를 횡행한 일대의 마두였다. 지닌 무력의 수준은 물론, 체화한 임기응변 역시 강호 정상을 넘보는 강자일진대, 쉽사리 빈틈을 허용할 리가 없었다.

품 안으로 들어옴과 동시에 강비는 확대되듯 뻗어오는 상대의 팔꿈치를 봐야만 했다.

퍼어억!

'큭!'

창대를 휘돌려 막았지만, 십여 걸음이나 뒤로 물러선 이후에야 겨우 충격을 해소할 수 있었다. 그 찰나의 순간 휘두른 팔꿈치에 이런 어마어마한 공력이 실릴 수 있다는 것도 놀라운 일이었다.

대등한 싸움, 대등한 공격력을 보이고 있지만, 종이 한 장 차이로 강비가 밀리고 있었다. 엇비슷한 경지에 올랐다지만, 그 영역에서 날뛰었던 경력이 다른 것이다. 승부가 이렇게 기울어지는 건 당연한 수순이었다.

'그렇다면!'

강비의 눈이 타오르는 겁화처럼 시뻘건 빛을 발했다.

먼저 천외천의 영역에 올라선 자와의 싸움.

아직 죽고 싶은 마음 따위 발톱에 낀 때만큼도 없는 강비에게 있어서 무조건 이겨야 할 전투였다.

이기기 위해서는 무엇이 필요한가.

'농락해 주지.'

퍼어엉!

폭음을 내며 싸우던 강비가 만효의 칼질에 멀리 날아가 버렸다.

실책에 가까운 물러섬.

틈을 놓치지 않는 만효가 어느새 지척까지 따라붙었다. 그처럼 장대한 체구를 가진 자가 이 정도로 빠른 신법을 구사한다는 게 도통 믿기지가 않았다.

"죽어라!"

활화산처럼 타오르는 만효의 눈빛.

순간, 강비의 좌수가 빛살처럼 자신의 몸을 훑었다.

피유우우웅!

만효의 얼굴에 놀라움이 어렸다.

두 줄기 번개가 그의 안면을 향해 쏘아지고 있었다. 스치듯 비수를 뽑아 던져 버린 강비의 쾌속한 술수는 치명적이라 할 순 없어도 시간을 벌어주기에 충분한 공격이었다.

본능적으로 철판교의 수법을 이용, 두 줄기 번개를 피하며 일주퇴(一柱腿)를 뻗는다.

패도적인 각법.

스치기만 해도 살 거죽이 터져 나갈 것이요, 정통으로 가격된다면 사망까지도 넘볼 수 있는 공격이니, 과연 급박한 순간에 펼친 무공이라도 천하의 철마신다운 파괴력이었다.

그러나…….

만효는 순간 머리 한구석을 스치는 불길한 울림을 느꼈다. 결코 무시할 수 없는, 이십여 년 이상 생존을 책임져 준 육감이 번뜩이고 있던 것이다.

피이익!

"크으……."

서둘러 다리를 빼지 않았다면 허벅지 근육이 죄다 갈라질 뻔했다.

강비의 좌수에 들린 비수 하나가 그의 허벅지를 얇게 스치고 지나간 것.

애초에 비수 두 개를 뽑아 던진 것이 아니라 세 자루를 뽑은 뒤, 두 자루만 던져 낸 것이었다.

허를 찌르는 기만.

천하의 만효조차 긴장하지 않았다면 당했을 만큼 기가 막힌 한 수였다.

파아앙! 파아앙!

기세가 주춤한 마신(魔神)의 육신 위로 미친 용이 아가리를 벌리고 달려들었다.

틈 하나 없는 완전무결의 무공을 흔들어냈다.

바늘 하나 들어갈까 말까 할 정도의 미약한 흔들림.

그러나 강비 정도의 고수에게 있어서는 충분히 공략할 만한 틈이 될 수 있었다.

쩌정! 쉬아악!

거칠게 짓쳐 들어오는 장창을 막아내며 만효는 기

가 막히는 걸 느꼈다.

'도대체 이놈 정체가 뭐야?!'

강호 정상을 향해 달려가는 무력.

나이를 감안하면 실로 괴물이라 표현하기에 부족함이 없을진대, 거기에 어지간한 노강호는 저리 가라 할 정도의 실전 감각까지 겸비했다. 서른이나 될 법한 젊은 놈과 싸우는 것인지, 은거한 구파의 산중고수와 싸우는 것인지 도통 분간이 가지 않았다.

연신 틈을 노리고 몰아쳐 오는 무공을 보건대 지극히 실전적인 무예가 분명하지만, 그 정대함과 기민한 투로는 구파의 무공에 못지않았다. 외려 살상 능력만 보자면 구파 무공보다 훨씬 앞서서, 거의 마도(魔道)의 무공이라 봐도 손색이 없을 지경이었다.

그러나 만효는 흔들리지 않았다.

여전히 분노했고, 분노한 그대로 칼을 휘두르고 있지만, 그는 생사 속에서 키워온 냉철함도 겸비한 무인이었다. 한순간에 보인 틈을 줄여내고, 칼과 주먹을 휘둘러 다시 형세를 굳건하게 다져 갔다.

콰아앙! 콰직!

상시로 터지는 폭음과 갈라지는 땅바닥 위로 다시

보기 힘든 무신(武神)들이 광기 어린 투기를 발산하며 싸워갔다.

　서로의 틈을 비집고 공방을 주고받지만 놀라움 속에서도 세 수, 네 수 앞을 읽어 나가며 극한의 임기응변까지 구사하니, 이미 인간의 영역에서 논할 만한 전투가 아니었다.

　화려한 무공을 펼치지 않아도 일 초, 일 식이 살벌하도록 강렬하다. 자칫 잘못 허용하면 한 번의 패착으로 죽음에 이를 수도 있는 살기 넘치는 판이었다.

　'좌우 장타. 태산압정.'

　쏟아지는 공격을 예감하며 창을 들면서도 강비는 기가 질리는 걸 느꼈다.

　얼핏 보아도 족히 육십 근은 나갈 듯한 거병을 저리 빠르고 자유롭게 펼칠 수 있다는 게 놀랍기만 했다. 심지어 패도적인 무공답지 않게 세밀한 공격까지 감행한다. 마주하는 강비로서도 간담이 서늘할 지경이었다.

　강비가 이를 악물고 무공을 전개하고 있는 와중, 만효 역시 가슴이 차갑게 식는 걸 느꼈다.

　'익숙해지고 있다!'

조금은 어수룩하고 조금은 어정쩡했던 상대의 반응이 한 수, 한 수가 지날 때마다 무서운 속도로 정교해지고 있었다. 점점 손때가 타 넉넉하게 늘어난 옷처럼, 강비의 무공은 차츰 완숙의 경지로 접어들고 있던 것이다.

제아무리 백단화와 실전에 가까운 비무를 했다지만, 진짜 실전은 되지 못했다. 이 정도의 고수와 처음으로 본신의 비기를 아낌없이 전개하는 강비는 진정으로 자신이 펼쳐 낼 수 있는 완벽한 무공을 찾아가는 중이었다.

그러나 상대는 철마신.

천하삼절 중 도절로서 명성을 떨친 초고수였다.

쩌어엉!

'위험해! 큰 게 온다!'

한 번 묵직한 공격으로 사이에 공간을 만들어 버린 만효였다. 일순 그의 거도가 탁한 백색의 불길로 타오른다. 이제껏 보지 못한 막강한 공격을 행하려는 듯했다.

이미 예측했던 바다. 예측은 했으되, 무척이나 급했다. 튕겨 나가는 힘을 흘려 버리고 그대로 따라붙은 강비가 용아창을 쏘아냈다.

피유우우우우웅!

파고드는 속도에 상대의 힘까지 이용해서 던져 낸 비창(飛槍)의 일격이었다.

이때만큼은 천하의 만효라도 기겁하지 않을 수 없었다.

느껴지는 속도와 파괴력은 둘째치고서라도 제 병장기를 쏘아 내다니?

임기응변에 능한 만효조차 상상해 보지 못할 만큼 과격한 공격이었다.

"이런 미친놈!"

이 한 수에 모든 것을 걸은 것마냥 휘몰아치며 쏘아진 장창에서 느껴지는 힘은 가히 파멸적이라 할 만했다. 마음먹고 막아내도 손해를 볼 것 같은 공력이었다.

'퇴로? 안 돼. 정면에서 막는다!'

이판사판이었다. 물러서면 기세를 잃을 것이고, 피해내면 빈틈이 생긴다. 맞받아치면 터질 경력의 충격파로 제법 손해를 보겠지만, 강비의 파격적인 묘수(妙手)에 대항할 방법은 그것뿐이었다.

부아아앙!

콰아앙!

쏘아진 비창과 불길을 머금은 패도가 부딪치며 자그마한 폭풍을 일으켰다.

갈 길을 잃은 경력이 재차 땅을 뒤집어놓았다. 만효는 낭패 어린 얼굴로 뒤로 물러서 힘을 흘렸다. 울컥 피를 토할 것 같았지만 억지로 참아냈다.

'내상.'

폭발력이 워낙에 거세 철정마공(鐵鋌魔功)의 단단한 방패로도 내상을 막지 못했다. 하지만 상대방이 창을 놓았다는 점에서 만효는 안심할 수 있었다.

그리고 그 안심은 찰나를 넘기지 못했다.

'이놈!'

상대의 몸에 장착된 수많은 병장기들.

그 모든 병장기들을 괜히 들고 다니는 게 아니라면 절대 안심할 때가 아니었다. 전신에서 패도적인 적색 기파를 뿌려 대며 전진하고 있는 강비가 허리춤으로 손을 가져가고 있었다.

차아아앙!

발검(拔劍), 출수(出手).

뻗어 나오는 검첨이 엄청난 속도로 나아가는데, 이미 단단한 검신(劍身) 주변에 시뻘건 기가 잔뜩 맺혀 있었다. 헛바람이 절로 나올 만한 쾌검(快劍)이었다.

쩌어어엉! 쩌어어엉!

한 번의 섬격 뒤로 미친 듯한 검격이 만효의 도신을 두들겼다. 그야말로 번개와도 같은 빠름에 맥을 끊고 생명을 위협하는, 살기 짙은 무공이었다.

'강하다!'

창격 못지않은 검격.

한순간 당황이 엄습했다. 이전에 몰아치던 은빛 장창의 연환기(連環技)는 이 중원 천하에서 찾기 힘들 정도로 대단한 것이었는데, 지금 보니 검의 성취 역시 창 못지않은 듯싶었다.

기세를 잡은 강비.

좌수에는 비수까지 들었다.

파바박!

숨 막히는 속도로 짓쳐 들어오는 막강한 검력 뒤, 빈틈을 쑤시고 들어오는 비수(匕首)는 치명적일 정도로 날카로웠다. 검법과 비도술(飛刀術)이 따로 나뉘지 않는다. 마치 두 개의 무공이 본래부터 하나의 무공이었던 것처럼, 서로의 투로를 방해하지 않는 선에서 절묘하게 맞물렸다.

쾌쾅!

한 번의 당황이 수세로 몰리게 되는 결정적인 요인이었다. 기회를 잡은 듯 숨 돌릴 시간도 주지 않고 몰아붙이는 강비의 무공은 형언할 길이 없을 정도로 막강하여 도무지 역전시킬 기미가 보이지 않았다.

이 정도가 되면 만효라 하여 마냥 분노에 사로잡힐 수 없는 일이었다. 상대는 나이 어린 애송이가 아니라, 자신의 생명을 끊어낼 수 있는 맹수 중에 맹수였다.

수십 년 강호를 종횡하며 얻은 차가운 이성이 고개를 쳐들고, 자만으로 얼룩졌던 가슴이 빠르게 식어갔다.

상대를 적수로 인정하는 순간, 그의 대응도 달라지기 시작했다. 아무리 마음가짐이 달라졌다 한들 수세로 접어든 형국을 뒤엎는다는 건 지극히 어려운 일일 터. 그럼에도 싸움은 또다시 새로운 국면으로 접어들고 있었으니, 그야말로 용호상박(龍虎相搏), 박빙의 전투라 할 만했다.

쩌저저저정!

크게 돌린 거도에서 뿜어진 힘이 강비의 몸을 뒤로 튕겨냈다. 쏟아부은 공력의 농도가 강비의 검력을 순간적으로 넘어선 것이다.

"죽어라!"

진한 살기를 발하며 찍어 오는 패도(覇刀).

철정마공의 마력을 받은 만효의 진신절기, 장명십삼세(將冥十三勢)의 패도적인 도법이 펼쳐지고 있었다.

단번에 승부를 걸어오는 만효의 무공은 산이라도 허물 듯 거세기 짝이 없어, 지금까지의 살검(殺劍)으로는 상대하기가 불가능할 듯싶었다.

강비의 눈동자도 타올랐다.

패왕의 진기가 치솟고, 그의 두툼한 장검에도 붉은색 아지랑이가 환상처럼 피어올랐다. 만효가 천하삼절, 철마신이라는 별호를 얻는 데에 결정적인 도움을 준 무공을 전개하고 있다면, 그 역시 본신의 막강한 무력을 보여줄 때가 된 것이다.

파라라락!

쏟아지는 경력, 숨도 못 쉴 것 같은 압력을 가하며

떨어져 내리는 거도의 위용은 한순간 죽음을 떠올리게 만들 정도로 강렬했다.

유백색 경력의 중도(重刀).

본신의 모든 힘을 아낌없이 개방한 상대에 맞게 강비도 이 영역 안에 미친 용 한 마리를 풀어놓았다.

광룡식, 광룡검(狂龍劍).

광룡의 검형(劍形)이 광룡등천(狂龍登天)의 술식 안으로 미친 듯이 빨려 들어가 꿈틀대는 검력을 세상 밖으로 풀어놓았다.

콰르릉!

만효의 눈이 찢어질 듯 커졌다.

장명십삼세의 묵직한 도초가 엄청난 속도로 붕괴를 거듭한다. 거칠게 몸부림치며 승천하는 광룡의 검은 그의 강렬한 도법 절초를 순식간에 찢어발기고 있었다.

이전처럼 단순히 빠르고 날카롭기만 한 검이 아닌, 강렬한 난폭함으로 무장한 검기(劍技)는 광기마저 엿보이고 있어 맞상대할 투지를 앗아갈 정도였다.

이를 악문 만효.

그의 패도가 장중한 기세를 담고 강비의 전면을 향

해 휘둘러졌다.

장명십삼세, 명왕제위(冥王祭位).

피할 수 없는 최악, 최후의 공격력 앞으로 강비의 장검 역시 변화를 맞이하고 있었다.

빠르게 모여드는 붉은 바람.

장검 주변에서 거세게 회전을 머금으니, 이는 검으로 펼치는 회천포였으되, 자격(刺擊)에 난검(亂劍)의 묘용까지 곁들인 파괴력의 정점, 회천검룡포(廻天劍龍砲)였다.

콰르릉!

누가 밀치기라도 한 듯 굉음의 사이에서 떨어져 나간 강비가 아름드리나무 허리를 분지르고서야 멈추었다. 울컥, 피를 쏟아내는 모습이 상당한 내상을 입은 듯했다.

사정없이 찢어진 옷자락, 산발된 머리카락의 만효가 헛웃음을 지었다. 사나운 모습이지만, 강비보다는 멀쩡해 보였다.

"뭐였나?"

"광룡검식, 회천검룡포다."

"검을 말하는 게 아니다."

강비의 눈이 만효의 가슴에 닿았다. 만효의 가슴에는 비수 하나가 자루까지 깊게 박혀 있었다.

"내 도와 네 검이 부딪치는 찰나에 용케 비수를 박았더군. 경력이 부딪치는 영역에 손을 집어넣고도 멀쩡하다니, 전대미문의 행동이었다."

"야왕식(野王式), 철관투골암조(鐵貫透骨暗爪)다."

"들어본 바 없는 무공이군."

비수가 박히는 순간 내부로 침투한 비수의 예기가 심맥을 모조리 갈아버렸다. 그 짧은 사이에 무식할 정도로 증식한 암경(暗勁)이 장명십삼세, 명왕제위의 힘을 중간에서 끊어버린 것이다.

제대로 발휘만 되었다면 확실하게 강비가 밀렸을 터. 기가 얽히는 걸 감수하고 야왕식을 펼치지 않았다면 만효가 이득을 보았을 것이다.

"대단한 발경법(發勁法)이었다. 이견의 여지가 없어."

"야왕식 최악의 살수(殺手)다."

"최악의 살수… 그렇다면 최고의 수법이라는 건가?"

"그런 셈이야."

"저승길 선물로… 부족함이 없군……."

천천히 고개를 숙이는 철마신.

손에는 아직도 칼이 쥐어져 있고, 두 다리는 철탑마냥 영원히 기울지 않을 것 같았다.

말 그대로 서서 죽음을 맞이한 만효.

천하삼절 중 하나이자 철마신이라는 악명으로 천하를 공포로 물들게 한 거마(巨魔)가 생을 마감한 순간이었다.

"쿨럭!"

재차 피를 토하던 강비는 고소를 머금었다.

'구해야 할 사람은 남자였고, 핍박하는 이는 나보다 강한 중년의 무인이다. 이거, 어째 작년과 똑같군. 정말 우연이라는 게 있기는 한 건가? 이 정도면 무서운 수준이야.'

나직이 투덜댔지만, 살아남았으니 다행이다. 아니, 철마신이라는 초고수와 싸우면서 이 정도의 내상으로 끝났다는 것도 행운이라면 행운인데, 더하여 대련 와중에 배운 것도 많았다.

충분히 만족할 만한 일.

그는 납검 후, 천천히 상체를 들었다.

저 멀리서 벌어지는 또 다른 전투 역시 마지막을 향해 달려가고 있었다. 백학(白鶴)과 같은 신법을 신들린 듯 펼쳐 내며 십여 명의 절정고수들을 농락한 백단화의 손은 어느새 마지막 한 명의 등판을 찍어가고 있었다.

쾅!

장력을 허용한 순간, 상체 전반에 서리가 내려앉아 앞으로 고꾸라진 고수를 보며 강비는 자신도 모르게 몸을 떨었다. 그 엄청난 한기(寒氣)에 등골 주변으로 소름이 돋은 것이다.

'작정하니 또 달라지는군.'

실전에 돌입한 강비의 무공이 달라진 것과 같은 이치였다.

백단화, 저 일대 여걸의 손속은 비무 때와 완전하게 달라져 있었다.

아무리 절정고수들이라 해도 수준 차이가 저만큼이나 나는 것. 지금까지 버틴 것만으로도 박수를 쳐줄 일이다.

"강 공자도 끝났군요."

"방금 끝났소."

백단화의 봉목(鳳目)이 만효의 시신으로 향했다.

몸에 나 있는 상처, 거의 반쯤 허물어지다시피 한 주변 경관을 보니 어떻게 싸웠는지 절로 짐작이 갔다.

"대단하네요. 도절 철마신이라면 천하삼절 중 한 명인데, 빨리 끝내고 도우려 했더니 그새 끝나 버렸어요."

"실력은 내가 부족했소."

"살아남은 자가 강자인 법이죠."

"배울 게 많은 싸움이었지. 쿨럭!"

"괜찮아요?"

"괜찮소. 제길, 간만에 출두했는데 시작부터 피 보는군."

투덜거리는 모양새를 보니 아주 심각한 내상은 아닌 것 같았다.

"자, 우리도 갑시다."

"그러죠."

떨어진 용아창을 쥐고 서둘러 신법을 펼친다. 황산의 장엄한 산세를 헤집고 또 헤집어 나아가는 길. 흔적을 확실하게 남겨둔 민비화 덕택에 세 사람은 이각 후 조우할 수 있었다.

"용두방주는 어때?"

"조용히 해봐요."

추운 초겨울 산속에서 땀까지 흘려가며 위진양의 상세를 보는 민비화였다. 눈을 감고, 누운 위진양의 머리 양쪽으로 손을 대 알 수 없는 주문을 내뱉는다.

그러자 그녀의 손에서 희미한 금색 빛이 아롱거렸다.

"저 녀석, 지금 뭐하는 거요?"

"주독을 해독하려는 거예요. 소교주님께서 익히신 주신문법은 상단전의 활용을 극대화하는 무공이죠. 거의 술법이라 봐도 무방해요. 지금의 소교주님 수준이라면 천하 어떤 주독도 위험할 게 못 될 거예요."

술법.

과거 벽란이 일으켰던, 믿기 어려운 기사들을 체험했던 강비였다. 무공과는 다른 영역. 그 광활한 깊이와 신비에 얼마나 놀랐던가.

그러나 지금의 강비는 볼 수 있었다.

상중하, 세 단전이 일통되고 천기를 받아들여 신안

이 트이니 그의 눈에도 민비화의 손에서 일어나는 신묘한 공능이 잡혀가는 것이었다.

'확실히 놀랍군.'

민비화의 손에서 흐르는 술법 공능의 기가 위진양 체내로 침투한 혈사문의 저주술을 하나하나 흐트러리고 있었다. 세상 만물 모든 것이 기로 이루어져 있다지만, 이리도 활용할 수 있다고 생각하니 그저 놀라울 뿐이었다.

과연 백단화의 말대로 얼마간의 시간이 지나자 위진양의 안색이 평온해졌다. 몸에서 날뛰고 있는 독기는 여전했지만, 음습하게 올라와 상단을 침입하려 했던 기묘한 움직임은 완전하게 제거된 것이다.

"이제 괜찮아요. 독기가 남았지만, 용두방주 정도의 공력이라면 일시에 태워 버릴 수 있겠죠."

땀을 훔치며 일어선 민비화의 얼굴은 어쩐지 편해 보이지 않았다.

어찌 그 이유를 모를까. 강비는 가볍게 무시하고 위진양의 상세를 살폈지만, 백단화까지 그럴 수는 없었다.

"마음에 걸리시나 보군요."

"네. 아무래도 중원의 무인이니까요."

법왕교가 제아무리 온건파라지만 명백히 새외사문, 사대마종이라는 불쾌한 이름으로 엮인 이상 중원무림인은 적이라 할 수 있었다. 게다가 용두방주라면 새외사문 입장에서는 반드시 결전을 치러야 마땅할 개방의 주인 아니던가.

가만 놔두었으면 알아서 목숨을 잃었을 터. 주신문법의 광대한 공능까지 써가면서 살렸다는 게 그녀의 마음을 불편하게 만든 것이다.

"이 일이 알려지면 본 교는 나머지 세 단체에 의해 큰 질타를 받게 될 거예요. 그들이 무서운 건 아니지만, 그들이 가진 힘은 충분히 우려할 만하죠. 내 행동이 본 교에 큰 문제를 불러온 건 아닌지 걱정이네요."

몇 번이나 고민을 했던 부분이다.

법왕교에 속한 교인이라 해도 문제일 텐데, 심지어 민비화의 신분은 교의 작은 주인이었다. 그녀의 행동은 곧 법왕교 자체의 의지로도 대변될 수 있는 바, 이 일이 공론화되는 순간 법왕교가 받을 피해 수치는 추측하는 것조차 아찔해진다.

백단화는 고개를 저었다.

"소교주님의 생각은 반은 맞고, 반은 틀렸어요."

"네?"

"지금 본 교를 제외한 삼문(三門)은 천의맹과의 전투에 전력을 다하고 있죠. 충분히 성과를 내고 있지만, 달리 말하자면 그 외의 일에 쏟아부을 여력이 없다는 거죠. 이쪽에서 작정하고 부인하면, 아니, 설령 그러지 않는다 해도 그들은 섣불리 움직일 수 없는 형국이에요."

사태를 정확하게 직시한 눈이었다.

비록 사대마종이라 하여 네 개의 거대 방파가 중원 무림인들을 상대로 전쟁을 선포하였으나, 실질적으로 적극적인 행동을 유지하는 건 무신성과 초혼방, 비사림일 뿐이었다. 법왕교는 도움과 방관의 중간, 그 애매한 위치에 서 있는 것이다.

법왕교의 적극적인 도움이 있었다면 사태는 또 새로운 국면으로 접어들었을 터. 그러나 지금의 현실은 달랐다. 세 문파는 천의맹과의 싸움에 집중하는 것만으로도 한 점 여유를 찾기 힘든 상황이었다.

법왕교가 눈에 거슬리기야 하겠지만, 맹약(盟約)으로 이뤄진 관계까지 끊어낸다면 결국 혼란밖에 남을 게 없다.

'그럴까?'

민비화는 위진양에게로 눈길을 돌렸다.

차츰 화색이 도는 얼굴이었다. 옆구리에 구멍이 뚫린 몸, 내상도 심한데 중독까지 된 몸이거늘, 회복 속도가 상상을 초월한다.

회복에 좋은 영단을 섭취한 것도, 기괴한 마공 따위를 익힌 것도 아니다. 일구어낸 경지 자체가 워낙 초절한 것이라 기가 육신의 회복속도를 극한까지 끌어올리는 것이었다.

과연 개방의 방주, 십만 개방도를 이끄는 종주다운 힘이다.

'화근일 수도 있어. 하지만……'

가장 이해할 수 없는 건 자신의 행동 자체였다.

고민할 것도 없이 해독에 들어간 스스로의 손길을 막을 수 없던 그녀였다.

일단 살려놓고 보자는 생각이었을까?

막상 해독을 하니 뒤늦게 찾아온 걱정 때문에 심란하기 짝이 없다.

후회할 일을 하는 성격이 아닌데, 왜 이렇게 되어버

렸는지.

가벼이 한숨을 쉬지만 결국 생각을 떨쳐 냈다.

이미 저질러 버린 과거.

그렇다고 지금 손을 써 용두방주를 죽일 수도 없는 일이고, 죽일 힘도 없으며, 죽일 생각도 들지 않았다.

위진양이 눈을 뜬 것은 그로부터 반 시진이 지난 후였다.

양강의 진기로 모닥불을 만들어낸 일행 앞, 꾀죄죄한 위진양이 기침으로 피를 토해내며 정신을 차렸다. 토해낸 피에서 역한 냄새가 나는 걸 보니 정신이 잃은 와중에도 진기가 독을 몰아내 버린 모양이었다.

교차되는 눈빛들.

헐벗은 나무에 등을 기댄 그가 천천히 손을 모았다.

"이 거지를 구해주신 분들이구려. 일어나 절이라도 올려야 할 텐데, 몸이 영 움직이지 않는군. 여하간 거지 목숨이 어지간히 질겼던 모양이외다. 은혜를 어찌 갚아야 할지 모르겠소."

무척이나 담담한 말투였다. 죽다 살아난 사람 같지가 않았다.

정신을 차린 그 잠깐의 순간 상황 파악이 끝났다

는 것.

그야말로 범상치 않은 자였다.

강비와 민비화가 침묵하는 가운데 백단화의 입이 열렸다.

"독기는 모두 몰아내셨나요?"

"대부분 토해냈소. 잔존하는 독기가 있지만, 오늘 내로 알아서 떨어져 나가겠지."

"다행이네요."

"허허, 설마 법왕교의 작은 주인과 신화단주에게 도움을 받을 줄이야 상상도 못했지 뭐요."

상상하지 못했다는 측면에서는 민비화와 백단화도 마찬가지였다.

두 여인의 놀란 눈빛.

위진양의 표정은 담담했다.

"그리 놀랄 것 없소. 허명(虛名)이라도 강호에서는 나름 제일이라는 정보 단체의 수장이 나요. 그대들의 용모파기와 황산 인근에서의 동선, 흐르는 기도를 보면 누구나 알 수 있을 거요."

천하가 얼마나 넓고, 사람이 얼마나 많은데 콕 집어서 그걸 파악할 수 있단 말인가. 심지어 심한 부상으로 쓰러진 후, 정신을 차린 것이 지금이다. 알아보는 것 자체가 외려 이상할 지경이었다.

열거한 사실들을 조합해서 알아낸 것이라면, 위진양의 눈치는 천하제일을 달려도 부족함이 없을 것이다.

"소교주의 술법이 나를 구했을 때를 상기하면 답이 나오는 거 아니오? 흐르는 기도를 보면 술사가 아닌데, 술법을 구사해서 혈사문의 저주를 태웠소. 술력의 힘에서는 불가 쪽의 냄새가 진동하더이다. 법왕교를 떠올릴 수밖에 없지. 게다가 소교주는 작년에 한 번 하남으로 왔었기에 알아보기가 쉬웠소."

어쩐지 주절주절 설명하는 어조였지만, 납득할 수 있는 설명이기도 했다. 애초에 솔직담대한 성격의 위진양인지라 거짓을 말하기도 싫었거니와, 자신의 목숨을 살려준 이들의 마음을 굳이 불편하게 만들고 싶지 않다는 속내였지만, 두 여인이 거기까지 알 수는 없었다.

위진양의 눈이 이번엔 강비에게로 향했다.

그의 입가에 미소가 걸렸다.

"과연… 적룡(赤龍)이 자네였군."

적룡이라는 표현이 자신을 칭하는 것인지 근본적인 의문은 없지만, 위진양의 기묘한 어조에 대해서는 알고 싶다고 생각하는 강비였다.

"날 아시오?"

"강비. 용곤문에서는 강청진이라는 가명으로 비무 대회에 참가했었지."

역대 개방의 방주들은 문무겸전(文武兼全)으로, 세상에 통달한 천리안(千里眼)이라 하였다.

현 용두방주인 위진양은 천하에 비할 데 없는 호걸은 될지언정 모사(謀士)라 불릴 만큼의 머리는 부족하다는 평이 대체적으로 많았다. 그러나 이리 보니, 과연 천하제일방의 방주라는 직책은 아무나 가지는 게 아니라는 생각이 들었다.

"선풍개가 그랬지. 악취가 풀풀 풍기는 마굴(魔窟)에서 훗날 천하를 호령할 세 마리 용을 보았다고. 한 명은 소요자, 무의 제왕께서 가르침을 내리신 화산의 제자라 하였고, 다른 한 명은 재능이 하늘에 닿아 슬슬 송곳니가 나기 시작하는 잠룡이라 했다."

나머지 하나가 자신을 지칭하는 것임을 강비는 모르지 않았다. 과분한 평가지만, 그는 굳이 겸양의 미덕을 발휘할 필요를 느끼지 못했다. 손사래를 친다 한들 상대는 들은 척도 하지 않을 것이기 때문이었다.

과연 위진양은 그러했다.

"그리고 마지막 용. 화산의 용만큼 환경이 좋지 않고 송곳니를 드러낸 잠룡보다 재능이 떨어진다고 했다. 하지만 세 마리 용 중 가장 위험하고 가장 강인한 데다 가장 폭발적인 성장력을 자랑한다고 하였지."

위진양의 미소가 짙어졌다. 굳이 평하자면 호의적인 미소라 부를 정도는 되었다.

"선풍개의 안목이 틀리지 않았군. 일 년 만에 이 정도로 성장한 것을 보면, 확실히 재능 이상의 뭔가가 있는 남자겠지."

꽤나 인상적인 평가들이었다.

들어서 좋을 것도, 나쁠 것도 없는 칭찬들.

그러나 뒤이어 나온 말에서는 제아무리 강비라도 신경을 쓸 수밖에 없었다.

"더하여 암천루의 해결사, 그것도 무력 전문 해결사에 속한 남자라 하였지."

강비의 나른한 눈동자에 한 줄기 적광이 은은하게 번졌다.

"암천루를 아시는군."

"자네가 몇 달 동안 모습을 보이지 않았을 때, 제법 많은 사건들이 터졌거든. 이전에도 알고야 있었지만 지금처럼 표면 위로 드러나진 않았지. 천의맹에 속한 중간 간부 이상은 모두 암천루의 존재를 알고 있어. 그것도 꽤 자세히."

수련에 몰두할 수 있는 시간이었지만, 세상과는 떨어져 있던 시간이기도 했다.

암천루, 동료들에 대한 밀린 이야기는 한시라도 빨리 듣고 싶은 강비였다.

"루에 무슨 일이라도 있소?"

위진양은 흔쾌히 입을 열었다.

"별일은 없어. 하긴 그것도 그쪽 사람들이 아니면 잘 모르는 문제겠지. 천의맹에서 암천루에 의뢰를 요청했거든."

"의뢰?"

"그래, 의뢰."

"볼 것도 없이 전쟁 때문이겠소."

위진양이 민비화와 백단화를 한차례 바라보다가 고개를 끄덕였다.

"맞네. 천의맹에서는 저쪽, 그러니까 새외에서 들어와 먼저 전쟁을 선포한 그들에게 대항할 방법이 무력 이외에는 크게 신경 쓸 것이 없다고 생각했었지. 하지만 그건 착각이었어. 그들이 얼마나 오랫동안 이곳에 세작들을 심어놨는지, 중원의 상권과 금권 절반 이상이 저들에게 돌아갔더군. 표면적으로야 칼과 칼의 싸움이지만, 보이지 않는 곳에서는 온갖 피비린내 나는 전투가 횡행했지."

"그랬소?"

"그래. 심지어 구파일방은 물론, 여타 문파들에게도 세작을 심어놓은 것이 적발되었지. 아직 극소수에 불과하지만, 파면 팔수록 더 나올 거라 짐작돼. 한데 그 세작을 잡아내는 데에 거의 독보적인 실력을 자랑하는 집단이 하나 있었어. 놀랍게도 그 집단은 세작 색출은 물론이거니와, 추적과 책략, 무력에 있어서도 놀라운 힘을 갖춘 곳이었지. 조금은 파악했다고 생각한 개방에서조차 그 저력에 기겁을 할 정도였어."

"그래서 본 루에 의뢰를 하셨군."

"물론 잡으려고 작정을 한다면야 이쪽에서도 못할 것 없지만, 실용성에 있어서 자네가 속한 암천루의 실력을 도무지 쫓아갈 수가 없더군. 우리가 몇 달을 고민해야 할 작업들이 열흘 안에 마무리되는 것을 보면서 얼마나 놀랐는지 자네는 모를 걸세. 더구나 세작 잡는 데에 신경을 쏟아부을 여력도 없어. 지금 천의맹과 새외와의 전쟁 양상이 그래."

그 외에 복잡한 이면들은 많겠지만, 당장 드러난 형국을 파악하는 데 한 점 부족함이 없는 설명이었다. 강비에게 있어서 그들의 전쟁은 흥미가 없지만, 암천루에 대한 문제는 달랐다. 심지어 암천루가 이 전쟁에 한 발 걸치고 있는 이상, 이 전쟁은 자신도 끼어야 할 판이 될 수 있었다.

조금 더 질문을 하려던 강비는 입을 다물었다. 다소 창백한 위진양의 안색을 보았기 때문이다. 아무리 회복 속도가 빠르다고는 하지만 막 깨어난 환자가 주절주절 말을 많이 해봤자 좋을 것은 없었다.

하지만 위진양은 그에 신경 쓰는 눈치가 아니었다.

"그런데 만효, 그 개자식은 어떻게 되었나?"

"나와 겨루었소."

"이겼나, 아니면 도주했나?"

강비는 모닥불로 시선을 옮겼다.

"다시 보게 될 일은 없을 거요."

위진양은 순수하게 감탄했다.

"놀랍군. 그 철마신 만효와 싸워 이겼다, 이거지? 게다가 내상도 별로 심하지 않은 것 같은데……."

"운이 좋았소."

"흔히들 하는 겸양이군."

"실제로 그랬으니까."

"하기야 그놈 성격이 개차반이라 그렇지, 실력 하나는 출중했어. 아깝기도 하군. 내 손으로 직접 패주고 싶었는데 말이야. 허긴, 이미 죽은 사람을 언급해서 좋을 것 없겠지."

민비화는 눈을 끔뻑였다.

묘하게 정감 어린 대화들이 이어지고 있었다.

본 지 하루도 채 되지 않은 두 남정네.

심지어 한쪽은 환자에다가 죽을 뻔한 위기까지 겪고 일어난 사람이었다.

'중원의 남자들은 다 이런가?'

특히나 놀라운 것은 위진양이었다. 그는 법왕교 소속의 두 여인에 대해서는 별로 신경을 쓰지 않는 듯했다. 천의맹을 이루는 최고위 간부임이 분명할진대, 한 점 적의를 보이지 않는다. 구명의 은인이라 그런 것일까?

'나였다면?'

목숨을 구해주었다 해도 경계부터 했을 것이다. 그리고 의심부터 했을 것이다. 자신을 살려둔 것에 다른 의도가 있지는 않을까, 이면을 파악하는 데에 심력을 쏟아부었을 게 분명했다.

그것이 평범한 반응이었다.

'어쨌든 놀라운 사람인 건 확실해.'

무공, 안목, 지략에 이르러서까지 범인의 상상을 초월하는 남자였다. 그 어린 나이에 천하제일방의 방주가 되었다더니, 확실히 뭔가가 다른 자였다.

강비와 한창 노닥거리던 위진양이 이내 고개를 돌려 두 여인을 바라보았다.

"두 분은 어찌하실 생각이시오?"

"네? 뭘 말함이죠?"

"연초, 황산에서 멀리 떨어지지 않은 곳에서 생활했다고 들었소. 지금에야 나온 것을 보니 이 친구에게 볼일이 있는 것 같은데, 그럼 계속 동행을 하는 것이오?"

"문제가 있나요?"

"문제가 있을 리 없지. 아니, 오히려 나도 한 다리 걸쳐야 될 상황이오. 두 분에게 알려줘야 할 이야기도 있고."

"알려줘야 할 이야기라뇨?"

"그대들이 속한 곳, 법왕교에 대해서 말이오."

민비화와 백단화의 눈이 찢어질 듯 커졌다.

4.
법왕실체(法王實體)

두 여인은 생각보다 침착했다.

개방의 방주가 법왕교에 대해 직접 언급을 하려 하
는 지금, 어조로 볼 때 심각한 것이 분명함에도 크게
흔들림을 보이지 않았다. 수양이 잘되었다는 뜻이다.

속으로 그녀들에게 감탄하며, 위진양은 말을 이었
다.

"두 분께서 어떤 이유로 이 친구와 동행하는지 이
거지로서는 짐작 가는 바가 없소. 아마 법왕교주가 시
킨 모종의 명이 있겠지만, 굳이 알려 들지도 않겠소.
그러나 나 역시 이 친구와 함께 나서야 할 것 같은 판이니, 마냥 입을 다물고 있는 것도 예의가 아니겠지."

동행을 하겠단다. 허락도, 거부도 하지 않았는데 제
멋대로 단정을 짓는다. 뻔뻔하기 짝이 없지만, 묘하게
밉지가 않다.

어차피 강비로서도 그에게 듣고 싶은 것이 많던 바,
그는 피식 웃고는 고개를 돌려 버렸다.

"본 교에 큰일이라도 생겼나요?"

"큰일이라… 큰일은 큰일이겠지만, 그것을 어찌 판
단해야 할지 모르겠소이다."

한차례 뜸을 들이던 위진양이 다시 입을 여는 것에
일각이라는 시간이 소모되었다.

"법왕교는… 당신들도 알겠지만, 이번 전쟁에 별
참여를 하지 않았소. 자세히 말하자면 직접 손을 대지
도 않았지. 그저 소극적인 도움으로 세 방파를 지원한
정도지만, 그 지원 정도도 극히 미세하여 정국에 영향
을 미칠 수준은 아니었소."

"그건 알아요."

"그것이 나머지 세 방파의 눈에는 제법 마뜩찮았던
모양이오. 당연하다면 당연한 일이겠지. 같은 노선을
걷고 있다고 생각했던 동료가 정작 중요할 때 발을 빼

버렸으니, 그들도 나름 분통이 터질 일이었소."

민비화의 얼굴에 다소 불편한 기색이 어렸다. 그러나 대개방의 방주가 하는 말은 전부 사실이었다.

"작년의 일이라 기억하오. 의선문의 의선총경을 탈취하던 사건. 아마 소교주가 직접 참여했던 걸로 아오만?"

민비화의 눈이 강비에게로 향했다. 강비는 이 야밤에 뭔가 아름다운 광경이라도 찾았는지 주변을 두리번거리고 있었다. 딴청을 부리는 것치고는 언어도단이랄 만큼 어색하기 짝이 없는 행동이었기에 실소조차 나오지 않았다.

"맞아요."

"비사림과 함께 연수했던 거라 파악하고 있소. 뒤에서는 초혼방 역시 대기를 하고 있었겠지."

과거의 사건을 들추는 것이 그리 편하진 않지만, 확실히 위진양의, 개방의 정보력은 놀라운 데가 있었다. 비사림이라면 몰라도 법왕교가 그 탈취 사건에 연루되었다는 걸 파악하는 것도 충분히 대단한 일인데, 초혼방의 존재까지 짐작하고 있는 것이다.

"놀랄 것 없소. 나도 암천루에서 모종의 정보를 받

앗으니까. 그 의선총경을 되찾는 의뢰에 여기 이 친구가 끼었다는 것도 들었소."

"그래서요?"

"그때, 의선총경을 탈환하는 과정에서 법왕교 측에서는 총경의 상당 부분을 필사했다고 하였소. 맞소?"

민비화는 고개를 저었다.

"그 부분에 대해서는 나도 아는 바가 없어요. 나는 그저 의선총경을 빼 오는 것에 전력을 다했을 뿐이고, 비사림이 앞에서 교란해 주었죠. 의선총경을 다루었던 것은 본 교의 군사(軍師)이니, 그가 가장 잘 알겠죠."

"군사라……. 어쨌든 지금 당장은 그게 중요한 게 아니겠지. 의선총경을 탈취한 것 이후, 법왕교는 새외사문으로 얽힌 맹약에서 한 발자국 더 멀어졌다는 것이 중요하오."

틀린 말은 아니었다. 그때의 사건 이후, 본격적으로 중원으로 출두한 나머지 세 개의 문파와 달리 법왕교는 언제나 뒷짐을 지고 있었다.

소교주라는 높은 직책을 가진 민비화지만, 실제로 아는 것은 그다지 없었기에 왜 교가 그런 행동을 했는지에 대해서는 아직 제대로 파악하지 못하고 있었다.

"자, 그럼 마찬가지로 작년에 벌어졌던 또 다른 일에 고개를 돌려봅시다. 작년에서 올초까지 상당히 시끄러웠던 지역이 있었소. 강비, 자네는 거기서도 모습을 드러냈었지."

강비의 나른한 눈이 번뜩였다.

"절강 용곤문?"

"맞네."

용곤문에서 벌어졌던 일을 어찌 잊을 수 있을까. 암천루에서 받은 숱한 의뢰들 중에서도, 그리고 살아오면서도 그처럼 급박하고, 그처럼 힘들었던 적이 몇 번 없었다.

"비정철곤 오강명이 세운 문파. 삼 년 동안 활동을 하지 않던 오강명은 놀랍게도 절강에서 용곤문이라는 문파를 개파함과 동시에 무수한 고수들을 소개했소. 휘하의 일반 무사들의 수준도 상당했지만, 진짜 놀라운 것은 그가 거느렸던 절정고수들의 면면이었소. 호왕도 반승부터 시작해 천중검, 괴암권, 구신창 등등 어느 지역에 가도 드높은 명성을 날릴 만한 고수들이 용곤문에 있었다는 건 진정 놀라운 일이었지. 지역 출신도 사천, 하북, 호광 등등 중원 천하 곳곳에서 끌어

모았으니, 아무리 오강명이 수완 좋은 인물이라지만 삼 년 만에 그만한 기반을 다진다는 건 말이 안 된다고 생각하지 않소? 그 정도 전력이라면 구파일방을 제하고는 상대할 문파가 몇 없을 지경이오. 심지어 용곤문의 금력(金力)도 어지간한 문파들은 상상 못할 수준이었소."

십분 동감이 갈 만한 말이었다.

이십여 년 가까이 탕마멸사를 외치며 고고하게 살아왔던 인물이 오강명이다. 우애 돈독한 동료를 사귀었을지언정 그만한 수하들을 단시간에 끌어들일 수 있을까?

천하 누구라도 불가능에 가까운 일일 것이다.

"드러난 정황과 드러나지 않은 정보들을 조합해 보면 두 가지 해석이 가능하오. 하나는 오강명이라는 인물이 까마득한 옛날에 어떤 단체에 회유가 되었다는 것. 나머지 하나는 애초에 집단에 속한 무인으로, 강호 출두 당시부터 모종의 임무를 받았다는 것."

스산하게 흐르는 악취.

음모의 악취였다. 위진양이 말한 내용들이 세 남녀의 귀를 조용하게 자극하고 있었다.

"오 년 전, 절강에 무척이나 큰 세를 자랑하던 상가가 있었소. 본 방이 파악하기에 당시 그 상가의 자금력은 드넓은 중원 천하에서도 가히 열 손가락 안에 들 정도였지. 심지어 상가의 가주가 군자(君子)라 불릴 만큼 성정이 좋았으니 세평도 좋았고, 특히 상가주의 하나뿐인 여식의 용모가 경국지색이라 그 가문은 절강을 넘어 대강남북에서 큰 명성을 날리고 있었소."

순간, 강비의 눈이 번뜩였다.

"오 년 전의 상가, 그것도 절강이라면 문씨상가를 말함이오?"

"정확해. 오강명이 양녀랍시고 내세운 여식이 바로 그 무너져 버린 문씨상가의 무남독녀 문채소였지. 자, 어떻소? 절강에서 사라진 문씨상가, 그리고 일 년 뒤에 오강명은 자취를 감추었다 작년에 용곤문을 개파했소. 문채소라는 경국의 미인을 양녀로 둔 채로 말이오."

"그렇다면……."

"그렇소. 절강 문씨상가의 멸망에는 한 단체의 음험한 힘이 있었지. 바로 초혼방이었소. 정확하게는 초혼방과 비사림의 공동 작업이라 할 수 있겠소. 수십 년 전부터 중원의 상권과 금권을 노린 그들에게 문씨상가의 자금력은 무시할 수 없는 유혹이었지. 그 문씨상가는 암암리에 새외사문에 무릎 꿇지 않던 대표적인 상가 중 하나였소."

마침내 드러나는 전모였다.

열거한 사실들 중 사소한 부품들이 보이지 않아 미심쩍던 것들이 수면 위로 떠올라 명백한 하나의 진실을 향해 질주하고 있었다.

"초혼방과 비사림에 의해 무너졌던 문씨상가. 하나 그들은 여식까지 죽이지 않았소. 정확히는 죽일 수 없었지. 이유인즉, 문채소라는 여인의 재질이 실로 범상치 않던 까닭이오. 바로 상단전에 있었지."

"상단전!"

"그렇소. 그녀의 상단전은 실로 방대하여, 그 어떤 인재들과도 비교 자체를 불허했소. 술법을 익혔다면 지고(至高)의 술사가 되었을 것이고, 문(文)에 힘썼다면 몇 년 내에 성인(聖人)의 칭호를 받을 수 있을 만큼 대단했다 하오. 어릴 적부터 지나치게 발달된 상단전 때문에 신열(神熱)을 앓던 문채소를 정상으로 돌리기 위해 문씨상가의 가주가 쏟아부은 금자만 해도 상상을 초월했다고 하더군."

강비는 그때를 회상했다.

전신에 마기가 가득 차서 거의 마기 덩어리라 불리어도 손색이 없을 만큼 마기화(魔氣化)가 되어버린 여인. 호천패왕신공의 신묘한 공능으로 어찌어찌 마기를 몰아냈지만, 자칫 자신까지 죽었을 정도로 위험하던 순간이었다.

"초혼방에게 있어서는 일거양득(一擧兩得)인 셈이었지. 문씨상가의 자금을 홀랑 집어먹은데다가 고금에 있어 비할 데 없다는 최강의 강시를 만들 수 있었으니."

민비화의 눈가가 파르르 떨렸다.

"…앙신귀장?!"

"아시는군. 문채소라는 재목은 그 전설적인 강시를 만드는 데에 최적의 조건을 갖추고 있었소. 방대한 상단전 이외에 뭔가 다른 이유도 있을 거라 보고 있지만, 어쨌든 그랬지. 하지만 초혼방의 강시술은 완전하지 못했소. 그들의 힘만으로도 충분히 강력한 강시를 만들 수 있었지만, 앙신귀장이라 불릴 만한 초월적인 강시를 만드는 데에 약간의 문제가 있었다는 것이오.

황궁까지 뒤엎으려 했던 머나먼 과거에 강시술의 비전이 적힌 책을 소실한 것이 결정적인 이유였소. 그리고 그 비전은 수십 년의 세월이 흘러 의선문에 전해지게 되었지."

점점 하나로 맞추어진다.

사대마종이 의선총경을 탈취하려 한 사건.

용곤문에서 본 마기 덩어리의 여인.

민비화의 안색이 하얗게 질려갔다.

"잘 모르겠다는 표정이로군. 하기야 그럴 만도 하지."

묘한 말이었다.

그럴 만도 하다?

위진양의 입에서 나올 말이 아니었다.

아무리 개방의 방주라도 그 속사정까지 알 수는 없는 일.

한데도 모든 걸 파악했다는 듯 고개를 끄덕이기까지 한다.

"소교주는 후계 수업의 일환으로 의선총경을 탈취한다, 그런 명을 듣지 않았소?"

이번에는 백단화마저 놀라지 않을 수 없었다. 앙신

귀장이 무엇인지 모르는 그녀지만, 위진양의 말은 법왕교 소속이 아니라면 알 수가 없는 정보였던 것이다.

"그걸 어떻게 아시죠?"

"그건 뒤에 밝혀두겠소."

꽤나 많은 말을 해서 어지러운지, 위진양은 가볍게 심호흡을 했다. 불만스러웠지만 두 여인은 참을 수밖에 없었다.

"강 아우. 자네, 오강명과 한 번 붙은 적 있다고 했지?"

어느새 강비를 아우라고 부른다. 강비마저도 어이가 없을 상황이지만, 위진양의 진지한 눈을 보고 딴죽을 걸 수는 없었다.

"그렇소."

"어떻든가?"

"당시의 그는 나보다 강했소."

"선풍개의 말로는 거의 박빙이었다고 하던데."

"종이 한 장 차이라도 차이는 차이요."

"그러기야 하겠지. 그때 그와 싸우면서 어땠나? 그의 무공이 지난 세평처럼 광명정대한 정공이던가?"

"전혀. 살 떨리는 마기를 풍기더군. 주변의 수하들

까지 아는 것 같았소. 마기의 질로 따지자면 천하에서 몇 없을 마공이라 짐작하오."

"선풍개도 그러했네. 자네가 떠난 뒤, 선풍개와 본방의 제자들이 그를 상대했지. 그때, 그놈 조력자가 와서 놓쳤지만 선풍개는 오강명의 마공에서 또 하나의 묘한 구석을 발견했다고 했네."

강비는 다시 그때를 회상했다.

치열했던 접전.

기지를 발휘해서 싸우지 않았다면 한 자루 철곤 아래 맞아죽을 뻔한 전투였다.

그때, 그의 무공에 얼마나 감탄을 많이 했던가.

하지만 그의 마공에 대해서는?

"…반쪽짜리 마공."

"정확해. 자네의 안목도 대단하이. 맞아, 그는 반쪽짜리 마공을 익히고 있다 했어. 위력은 강하지만 완전한 구결을 갖추지 못한 마공이라 했지. 마공. 비록 완전하지 않지만 그만한 수준의 마공이라면 그가 어디에 속했는지 답은 나와."

"비사림."

"맞아. 우리는 그의 행적을 추적해서 그가 비사림,

그것도 칠군주라 불리는 최고위 간부들 중 귀영군주(鬼影軍主)라는 걸 파악할 수 있었네."

비사림 칠군주 중 한 명이라는 대목에서 세 남녀는 각기 놀랄 수밖에 없었다. 민비화와 백단화는 같은 사대마종으로서 칠군주라는 이름이 얼마나 드높은 것인지 잘 아는 까닭이었지만, 강비의 놀라움은 조금 달랐다.

"나는 천랑군주라는 작자와 겨루어본 적이 있소. 듣기로 칠군주의 무력은 천외천의 경지라 구파일방의 장문인과 견주어도 크게 손색이 없다고 했고, 실제로 천랑군주의 무공은 가공할 만한 것이었소. 하지만 오강명은……."

"그만큼 강하지 못했다, 그거지?"

"그렇소."

"아까 내가 한 말 기억하나? 오강명은 두 가지 중 하나라고. 처음부터 모종의 단체에 속했든지, 그도 아니라면 중간에 회유가 되었을 것이라고."

"기억하오."

"그는 후자였네. 즉, 중간에 회유가 된 무인이야. 정확하게 말하자면, 십여 년 전에 비사림에 들었지.

비사림에서는 그의 명성을 이용해서 모종의 일을 꾸미고 싶었고, 오강명은 협명(俠名)이 아닌, 무력으로 최고가 싶어 했지. 강력한 힘을 원했다는 것이야. 비사림에서는 그의 명성을 이용해서 일을 꾸밀 수 있게 되었고, 오강명은 놀라우리만치 강해질 수 있는 마공을 얻을 수 있게 되었으니, 쌍방 모두 만족할 만한 거래가 오고 간 것이야."

실로 많은 것을 알아낸 모양이었다. 이런 사실까지 알기 위해서는 발품을 팔아도 보통 팔아야 되는 것이 아니었다.

"하지만 비사림은 철저했어. 오강명에게 절반의 마공을 전수하고 그가 성공리에 용곤문을 개파하게 되면 그때 진정한 힘을 건네기로 한 거야. 그의 마공이 완전하지 않은 것도, 그의 힘이 칠군주에 미치지 못한 것도 그런 이유지. 아마도 지금은 달라졌을 거라 생각하네."

놀라운 사실이었다.

누구도 알아채기 힘든 곳까지 파악한 위진양.

그렇다면 그 외에 사건에 대해서도 남다른 정보를 얻지 않았을까?

과연 위진양은 그러했다.

"여기서 용곤문이 개파한 이유가 나오게 되네. 용곤문은, 이를 테면 사대마종에게 있어서 하나의 거점이자 기만술이며, 일종의 무력임과 동시에 치명적인 비수이기도 한, 매우 복잡한 성질을 가진 단체라고 볼 수 있어."

"무슨 뜻이오?"

"구대문파 급의 대문파가 없는 곳, 심지어 상권이 발달한 곳에 거점을 잡는다는 뜻에서 용곤문은 사대마종의 거점이네. 민심을 잡고 절강의 문파들을 규합하며 나아가 장강 이남의 무수한 문파들과 연계를 맺는다는 것에서 용곤문은 기만이지. 새외, 북부에서 사대마종이 내려오면 용곤문은 장강 이남, 아래에서 치고 올라오지. 그런 면에서 용곤문은 무력이기도 하네."

용곤문이라는 단체가 만들어진 결정적인 이유였다.

하나의 단체에 그처럼 많은 책략이 동원될 줄은 상상도 못한 바, 강비가 놀라는 것도 무리는 아니었다. 과연 사대마종이라 불리는 네 단체는 만만한 집단이 아니었던 것이다.

"마지막으로 비수라 함은 바로 앙신귀장을 뜻하네."

"……!"

"자네는 모르겠지만, 소교주는 아시겠군. 앙신귀장의 전설이 사실인지 그건 직접 봐야 알 수 있겠지만, 실로 대단한 강시라는 것은 확실하오. 그게 아니라면 초혼방과 비사림이 그 난리를 치지는 않았겠지. 그들은 그 앙신귀장을 동원하여 중원의 초고수들, 특히나 대외적으로 강한 영향력을 끼치는 이들을 암살하려 했소. 대표적으로 구대문파의 장문인들이 있겠지."

강비는 답지 않게 소름이 끼치는 걸 느꼈다.

한 명의 무인으로 당당하게 살아가며 풍류를 즐길 수 있을 법한, 낭만 가득한 강호가 아니라는 것을 알고는 있었지만, 사대마종의 치밀함에는 절로 고개가 저어지는 것 같았다.

하나하나 관련되지 않은 바가 없었다. 그 모든 것이 충족되었을 때, 타격을 받게 될 중원의 문파들을 생각하니 머리가 아찔해질 지경이었다.

"하지만 그들은 그 모든 것을 충족시킬 수 없었지. 뜻하지 않게도 말이야. 그 중심에는 바로 자네가 있었네."

위진양의 시선을 받은 강비가 눈썹을 꿈틀거렸다.

"내가?"

"그래. 암천루에서 의뢰를 받은 것이겠지. 하나 자네가 제대로 흔들어준 덕분에 개방에서도 용곤문을 파고들 여지가 생겼어. 게다가 용곤문에서 나올 때 앙신 귀장의 재료로 삼을 문채소까지 구하지 않았나? 올초에는 비사림의 고수들을 무수히 격파하고 천랑군주에게 치명상까지 안겼다 들었네."

들고 보니 뜻하지 않게 그들을 어지간히 괴롭혔다는 생각이 들었다. 근래에 들어 행했던 모든 일들이 사대마종에게 있어서 악재로 돌아간 것이다.

"알는지 모르겠지만, 구대문파 중 운남의 점창파가 무너졌네."

엄청난 사건이었다. 근 십 년, 아니, 백 년 이래로 가장 놀라운 사건 중 하나라 꼽을 수 있을 정도였다. 수백 년 역사를 자랑하는 구대문파일진대, 그 한 축이 무너졌다 함은 보통 일이 아닌 것이다.

강비는 물론, 민비화와 백단화마저도 경악할 수밖에 없었다.

"놀라운 일이겠지만, 사대마종에게 있어서는 반드

시 먼저 처리했어야 할 문파였겠지. 장강 이남에서 올라오려면 가장 걸림돌이 되는 문파가 점창파 아니겠나. 그들로서는 별수 없었겠지만, 그들도 상당히 무리를 했어. 그 틈을 비집고 들어가 많은 정보를 얻을 수 있었네."

담담하게 말하지만 강비는 위진양의 어조 속에서 타오르는 분노를 읽을 수 있었다. 구파일방, 같은 길을 걸어가는 동료였던 만큼 친분도 남달랐을 터. 점창파가 무너지고 그들의 문주가 죽었다는 건 철담의 위진양에게도 적지 않은 충격인 모양이었다.

"용곤문은 현재 거의 와해가 되었어. 개방에서 발견한 정보와 증인들을 세상에 풀었지. 용곤문이 마인들의 소굴이라고 말이야. 개파한 지 일 년도 되지 않아서 무너져 버린 것이니 나름 통쾌했지."

사대마종의 무기 중 가장 중요한 하나를 잃은 것이었다. 오히려 마인들이 기만을 부려 중원무림인들을 속이려 했다 했으니, 인심마저 잃었다. 민심을 얻으려다 되레 중원무림인들의 결속력만 단단해진 셈이었다.

"무신성주가 소림 방장께 비무를 청한 것은 바로 그런 이유에서야. 현 무신성주는 제법 책략에도 밝다고 했지만, 그래도 번잡한 일을 싫어하는 것 같더군.
비사림과 초혼방의 음모가 와해되자 직접 힘을 보여주
겠노라고 비무를 신청한 것이야. 태산북두 소림의 방
장을 꺾는다면 아무래도 이쪽 기가 확 죽어 나가겠
지."

복잡한 일들이 하나로 일통한다.

놀라운 정보들의 연속이었다. 그러나 진짜로 듣고
싶은 것을 듣지 못한 두 여인은 더 많은 정보에 목마
를 수밖에 없었다.

"다른 건 알겠어요. 하지만 당신은 본 교에 대해 언
급했죠, 큰일이 있다고. 그걸 아직 말하지 않았어요."

그랬다.

위진양은 현 전쟁의 양상과 음습한 이면들에 대해
서는 모두 밝혔지만, 정작 법왕교에 대해서는 이야기
를 아꼈다. 이제는 이야기를 꺼낼 시기였고, 그것은
위진양도 잘 알고 있었다.

그러나 뒤이어 나온 위진양의 이야기는 단도직입적
인 것과 거리가 있었다.

"법왕교. 새외사문, 사대마종 중 한 곳. 하나 이번
전쟁에는 적극적으로 참여하지 않았다. 오히려 발을

빼려는 모습까지 보였다. 이것이 바로 지금 세인들이 알고 있는 법왕교에 대한 모습이고, 그것은 나머지 새 외의 세 방파도 같다고 생각하오."

민비화는 초조함에 짜증마저 나려는 걸 느꼈다.

"그래서 큰일이 뭐냐고요!"

백단화는 호통에 가까운 소교주의 외침에 당황했고, 호통을 받으면서도 가만히 소교주를 노려보는 위진양 의 모습에 또 한 번 당황했다.

"하나만 묻겠소. 소교주, 당신은 나머지 세 방파를 어떻게 생각하오?"

"뭐라고요?"

"법왕교에 속한 소교주로서 어쩔 수 없는 맹약을 따라 그들을 돕는 것인지, 아니면 그들의 복수심과 사 상에 동의를 하는지, 그것을 묻고 있는 거요."

"내 대답이 당신이 말할 '큰일'에 영향을 주는 건 가요?"

"내가 말할 것에는 영향을 주지 못해도, 당신이 받 아들이는 것에는 차이가 있을 거요. 만약 당신의 진심 이 내 생각과 다소 동떨어져 있다면 나는 내가 해야 할 이야기의 상당 부분을 제약할 수밖에 없소."

이 정도까지 말이 나오면 마냥 무시하기도 힘들었다. 민비화는 애써 꿈틀거리는 울화를 삭이고 가만히 생각해 보았다.

기실 생각하고 말 것도 없는 문제였다. 스승에게 받은 가르침도 가르침이거니와, 법왕교는 애초부터 온건한 문파였다. 무파로서의 특징은 확연하되, 홀로 고고하면 고고했지, 과거의 은원으로 쉬이 움직일 문파가 아니었던 것이다.

"후계 수업의 일환으로 이런저런 일을 하긴 했지만, 나는 이 싸움에 별 미련이 없어요. 그게 내가 할 수 있는 대답의 전부예요."

가벼이 생각해서 나올 말은 아니었다. 위진양은 탐색이라도 하는 듯 민비화의 얼굴을 살폈고, 민비화는 불쾌함을 감수하고 시선을 마주했다.

이내 위진양의 고개가 위아래로 끄덕여졌다.

"좋소. 소교주의 대답을 들었으니, 내 말을 하리다."

가만히 숙고하는 위진양. 말을 할까 말까를 고민하는 게 아니라 어떻게 말을 해야 할지를 고민하는 모양이었다. 몇 번 스스로에게 중얼거린 그가 고개를 다시

든 것은 이전과 마찬가지로 일각에 가까운 시간이 지나서였다.

"법왕교는 새외 밀교(密敎)의 한 지류가 갈라져 나와 만들어진 무파라고 알려져 있소. 실제로 그러하며, 소림의 불문 무공보다 천축국(天竺國)의 불문 기공에 더 가깝지. 지금에야 독특한 술법과 병행하여 신비로운 공부를 익힌다 하지만, 초기에는 분명 그렇다고 들었소. 맞소?"

"맞아요."

"그리 바뀐 시기가 언제인지 알고 있소?"

민비화의 아미가 가볍게 찌푸려졌다.

"시기라면, 몇 십 년 된 걸로 알고 있어요. 이전 중원 진출이 막히기 전후라고 아는데요."

위진양의 눈이 기광을 뿜어냈다. 무척이나 강인한 안광이었다.

"정확히 말하자면, 중원 진출이 막힌 이후라고 볼 수 있소. 그건 당연한 일이오."

"당연하다니, 그게 무슨?"

"법왕교에 무당파(武當派) 진무비전(眞武秘傳)의 상제강문술(上帝降紋術)과 소림사(少林寺) 세존비전

(世尊秘傳) 오대존명왕지공법(五大尊明王至空法)이 전해진 것이 바로 그즈음이기 때문이오."

민비화의 눈이 경악으로 치떠졌다.

＊　　　　＊　　　　＊

"참으로 맑은 공기구나."

나직이 감탄하는 중년인을 보며 나이를 짐작하기 어려운 노인은 헛웃음을 터트렸다.

"고향의 냄새라도 맡으신 게요?"

"냄새라……. 지명이 다르다 해도 같은 세상 안에서 살거늘, 공기가 달라질 리는 없겠지요. 수구초심 (首丘初心)이라, 한낱 짐승도 그러할진대 오죽하겠습니까. 향토(鄕土)의 흙이 새삼스럽습니다."

가만히 땅을 바라보며 천천히 발길을 옮긴다. 한 걸음, 한 걸음이 무척이나 신중하여 마쳐 보화를 밟아 나가는 것 같았다. 그 와중에도 묘한 품격이 있으니, 뒤이어 생긴 발자국들은 중년인의 신분이 범상치 않음을 증명하고 있었다.

어딘가 아련한 분위기. 중년인의 눈동자는 맑고 깨

끗한 와중에도 짙은 그리움을 담고 있어서 보는 이로
하여금 고개를 숙이게 하는 힘이 있었다.

"허허, 주공의 감회가 남다른 모양이외다."

"명 로(明老)는 아닙니까?"

"나라고 다르겠소? 근 사십여 년에 가깝구려. 그때
주공의 어린 손을 잡고 여기를 건넜는데, 긴 시간 동
안 용케도 참으셨소."

"나만 참았겠습니까. 명 로가 없었다면 외로워서
죽었을지도 모릅니다."

"푸헐! 주공은 엄살도 심하시오."

화기 가득한 대화였다.

중년인의 눈이 저 높은 하늘을 바라보았다.

공기가 다르지 않고 하늘이 다르지 않지만, 아무래
도 마음까지 같을 수는 없었다. 인내하고 또 인내하던
과거, 향수(鄕愁)가 점점 퇴색될 때도 있었지만, 심신
이 힘들 때면 항상 떠올리는 것은 기억조차 희미한 고
향의 공기였다.

그리고 그 공기를 함께 맡으며 웃던, 형제와도 같던
이들의 얼굴이 떠오른다.

'잘 지내고 계십니까?'

수십 년 만에 찾아온 고향이라면 철담의 사내라도 눈시울을 붉힐 만했다. 그러나 중년인은 참았다. 감격의 눈물은 지금 흘리기에는 시기가 좋지 않다. 모든 일이 끝나고 진정으로 자유로워졌을 때, 그때 울어도 늦지 않으리라.

한참이나 떨어져 범인의 눈으로는 파악할 수조차 없지만, 중년인은 저 먼 곳에 사람들이 북적거리는 걸 볼 수 있었다. 저잣거리다. 거칠지만 비할 데 없이 순수한 생기로 가득하여 당장에라도 뛰어들고 싶은 곳.

그는 걸음을 멈추었다.

헐벗은 나뭇등걸 사이로 칼바람이 불어왔지만 중년인이나 노인이나 한 점 추위를 느끼지 않는 듯했다. 초겨울 산봉우리에서 보일 만한 표정들이 아니었다.

"주공, 어찌 멈추셨소?"

"저 멀리서 오실 분이 계십니다."

"오실 분이라니?"

"먼저 찾아가 뵈어야 하지만, 오시는 속도로 보건대 예서 기다리는 게 좋겠습니다."

사십여 년 가깝도록 모셔 이제 가족이나 다름이 없는 이 주공의 행동은 가끔 이해할 수 없는 구석이 있다고 노인은 생각했다. 하지만 주인의 능력이 천하에 비할 데 없음을 알기에 그는 참고 기다렸다.

과연 주인은 늙은 몸뚱이를 실망시키지 않았다.

그의 노안(老眼)이 하나의 점을 포착했다.

너무나 작아서 점이라 할 수도 없을 정도로 작은 점. 그 점이 허공 높은 곳에서 생겼다가 이내 점점 커지기 시작했다.

커지는 속도는 곧 점이 가까워지는 속도였다. 노인은 속으로 경악을 금치 못했다. 거의 허공을 날다시피 다가오는 미지의 존재는, 그 경공(輕功)만으로도 신선의 그것이라 불리기에 부족함이 없거늘, 번개가 무색할 속도까지 겸비하고 있었다.

저 멀리서 폭음이 들리는 것 같았다. 소리가 공기를 파괴시키는 듯했다. 누군가가 맑은 하늘에 화포라도 쏘아 올린다면 이런 소리가 날까?

연이어 터지는 폭음. 폭음이 커질수록 점은 가까워졌고, 중년인의 표정도 점점 격정으로 치달았다.

'인간이 아니다.'

노인은 그렇게 생각했다.

인간이라면 저렇게 움직일 수 없다. 체공의 시간도

시간이거니와, 그런 체공을 유지하면서도 속도는 소리마저 앞서간다. 이미 일대 종사라 불릴 만큼의 무공을 익혀낸 노인이기에 확신은 더욱 단단할 수밖에 없었다.

땅 위를 살아가는 존재에게 부여될 수 있는 능력이 아닌 것이다.

하지만 커져 가는 점은 자신의 명확한 사람임을 입증했다.

콰릉! 콰릉!

가까이서 들려오는 폭음.

이제는 귀마저 아릴 정도였다. 점 주변으로 하얀 원형의 뭔가가 포착된다. 찢어지고 폭발한 공기가 비명을 지르는 것 같았다.

그리고 마침내 도달한, 사람의 몸을 한 비인(非人)이 있었다.

비인은 웃었고, 중년인도 웃었다. 그러나 중년인의 눈가에는 습기까지 차오르고 있었다.

한참을 서로 쳐다보는 둘.

이내 중년인의 무릎이 땅에 닿았다.

"적송(寂松)이 사백님을 뵙습니다."

＊　　　＊　　　＊

"지금 뭐라고……?!"

충분히 충격을 받을 만한 일이었다.

법왕교 비전, 그것도 사대비전은 모두가 술법과 무공의 융화로 탄생된 천고의 절학이었다. 어느 하나만 대성해도 능히 신인(神人)이라 불리기에 부족함이 없으며, 재능이 없다면 애초에 입문조차 할 수 없는 지극한 공부가 아니던가.

비록 중원무림에 별 유감은 없다지만, 교의 공부에 대한 자부심은 하늘을 찌르는 그녀였다. 한데 그 공부의 기원이 중원에 있다고 하니 충격을 받을 수밖에.

더불어 그녀는 기묘한 예감을 느꼈다.

법왕교의 비전공부가 완성된 것이 중원의 술법 덕분이라고 하였다. 그렇다면 왜 이 시점에서 천하의 용두방주가 법왕교의 비전을 언급했는가.

다가올 커다란 진실을 예상하며 그녀의 몸이 부들부들 떨리기 시작했다.

"법왕교의 절기는 한 명의 천재를 맞이하여 판이하

게 바뀌었소. 그 천재는 본시 불교 무학에 정통한 이였고, 중원 진출에 힘을 썼던 스승의 가르침까지 받아 놀라운 성취를 드러냈지. 이후 스승이 죽자 삼십여 년을 더 참오하여 사대비전의 틀을 형성했고, 그의 제자 되는 사람이 사대비전을 완전하게 완성시켜 법왕교의 호교비전신공(護敎秘傳神功)으로 이름을 알리게 되었소."

백단화는 가만히 입술을 깨물었다. 개방의 방주씩이나 되는 사람이 허튼소리를 할 리는 없지만, 다 거짓이라고 소리치고 싶었던 것이다.

법왕의 일맥이 아닌 설화무의 맥을 이은 그녀지만, 법왕교에 몸을 실은 해가 한두 해가 아니었기에 그녀가 겪은 충격은 민비화에 못지않았다.

충격에 빠진 두 여인을 보며 위진양은 고개를 저었다.

"당시 중원무림이 받은 충격은 굉장했소. 천하가 자기들 것이라고만 믿어온 오만이 깨진 것이지. 그것도 수십만의 대군이 몰려온 것도 아니었소. 단 네 개의 문파, 중원 어떤 대문파도 비하기 힘든 네 개의 문파로 인해 중원은 충격을 받았고, 이내 기를 쓰고 사대마종을 몰아내었소."

강비는 지금 위진양이 하는, 앞으로 할 말을 순간적
으로 깨우칠 수 있었다. 하지만 입을 다물었다. 말을
시작한 사람은 위진양이니, 끝맺음도 그가 해야 옳았
다.

"하지만 그것으로 부족했소. 몰아는 냈지만, 그들
의 저력을 두려워했지. 그래서 중원무림은, 정확히 말
해서 그 당시 무림연맹의 맹주였던 백현 도장(白賢道
長)은 첩자를 파견하기로 마음을 먹었소. 그러나 첩자
를 파견하는 것은 쉬운 일이 아니었소. 한인(漢人)이
라면 이유를 불문하고 척살할 정도로 당시 사대마종의
무인들은 잔뜩 날이 선 상태였으니까. 결국 세작 침투
를 자처한 한 명의 술사는 칼을 집어 자신의 얼굴을
거의 갈다시피 하였고, 덕분에 무사히 법왕교로 투신
할 수 있었소."

파면(破面)의 남자.

민비화의 머리 한구석에서 잠들고 있던 기억이 떠
올랐다.

이루 말할 수 없을 만큼 흉한 얼굴에, 지닌 무공이
무척이나 강대하여 세상에 나섰다면 고금에 손꼽히는

명성을 떨쳤을 한 사람.

비록 얼굴 한 번 본 적이 없지만, 태사부(太師父)를 수식하는 단어들 중 평범한 것이 단 하나도 없었음을 그녀는 기억해 낼 수 있었다.

"그 파면의 첩자가 당시 법왕교주의 눈에 띄었던 것은 우연이라는 이름의 필연과 같았소. 그의 재질이 실로 뛰어나 제자로 삼기에 한 점 부족함이 없던 것이지. 결국 그는 교주가 총애하는 제자로 들어갔고, 전(前) 교주가 생을 마감하자 자연히 신임 교주로 등극했소. 그리고 삼십여 년 뒤, 새로운 제자를 맞이하였으니, 그 제자 된 이의 천재성은 스승마저 넘어선 것이라, 기틀을 잡았던 사대비전을 완전하게 만들어 법왕교의 호교신공으로 삼았소."

전대 교주가 살아 있을 당시, 사대비전은 교의 큰 공을 세운 무인에게도 익힐 수 있도록 나름의 배려가 있었다. 그러나 사대비전을 완성한 현 교주는 사대비전을 교주와 후계만이 익힐 수 있도록 조치를 취했으니, 이유인즉 섣불리 익힐 수도 없는 공부이거니와, 유출되면 큰 파장이 일어날 것임을 직감했던 것이다.

"중원무림이 보냈던 세작의 역할은 그리 적극적인

것이 아니었소. 그들의 정보를 꺼내 오거나 그들의 무공을 가져오라는 것이 아닌, 최대한 그들이 중원을 침공해 오지 않도록 조율을 하는 의미가 강했소. 우습게도… 한 번 떠난 세작은 고향인 이 중원의 땅을 밟을 수 없도록 스스로 최선의 노력을 다해야 했소. 파면의 세작이 행했던 것도 그와 같소. 하루빨리 중원으로 공격을 감행하고자 했던 다른 세 방파와는 달리 그는 시기의 부적절함을 내세워 끝까지 전쟁을 막았던 것이오. 거기에 어떤 방법이 동원되었는지 알 길은 없지만, 어쨌든 그로 인하여 수십 년 동안 중원무림은 나름 평화롭다 할 수 있었소."

"그럼……."

"그리고……."

떨리는 눈빛과 눈빛 사이로.

위진양의 말은 비수처럼 박혀들었다.

"파면 세작의 뒤를 이을 또 한 명의 세작이 사십여 년 전 중원에서 새외로 떠났소. 무척이나 어린 나이였지. 열서넷이나 되었을 거요. 법왕교가 불문의 무공을 익히고, 불가의 가르침을 쫓는 만큼 이차 세작 침투는 소림의 제자로 내정이 되어 있었고, 그는 그 어린 나

이에도 의연하게 자신의 운명을 받아들였소. 파면 세
작과의 조율이 끝나고 어린 승려는 자신을 지켜줄 철
장신검(鐵掌神劍) 명전(明電)이라는 절정고수 한 명
만을 대동한 채 길을 떠났소. 그리고 십 년 만에 법왕
교의 사대비전을 완성시켰지. 법왕교 사상 손에 꼽히
는 천재. 현 소림 방장 배분인 적(寂) 자 배의 막내였
던 그의 불명은 적송(寂松)이라 하오."

*   *   *

명전은 눈앞의 노인을 보는 순간, 전신을 관통하는
짜릿한 뭔가를 느꼈다.

신선이나 부처를 앞에 두고도 이런 느낌을 받을 수
는 없을 것 같았다. 수천 줄기의 번개를 맞은 듯 온몸
을 지배하는 전율이 스러지지 않는다.

겉으로는 비슷한 연배로 보이지만, 눈앞에 이 꾀죄
죄한 대머리 노인에게서는 나이를 초월하는 무시무시
한 뭔가가 있었다. 신선과 부처가 아님에도 그 둘을
뛰어넘는 엄청난 뭔가를 내재하고 있는 사람이었다.

'절대자.'

이 시대의 절대자.

그리고 노인의 이마에 찍힌 계인과 들고 있는 석장(錫杖), 추운 날씨에도 맨발인 모습을 보며 명전은 이 노인이 이 시대만이 아닌, 전 시대에서도 절대자의 위치에 있었다는 걸 깨달을 수 있었다.

'……천무대종? 소림신승!'

누구도 함부로 할 수 없는 이름이다. 천하를 지배하는 황제조차도, 무신성주도, 비사림주도, 초혼방주도 이 노인 앞에서는 평정을 유지할 수 없다.

혜정 대사.

화산무제 소요자와 함께 만인에게 칭송 받는 무적의 절대자가 이곳에 모습을 드러낸 것이다.

"신수 좋아 보이는구나."

평온한 어조였다. 그토록 지고한 위치에 있어 이미 열반(涅槃)의 경지에 들었어도 이상하지 않을 그가 이 자리에서 모습을 드러낸 것은 보통 일이 아니었다.

중년인, 적송이 몸을 세웠다.

독장례(獨掌禮)의 예법. 소림 특유의 반장(反掌)으로 사백인 혜정 대사에게 예를 표한 그의 얼굴은 한없는 반가움으로 가득했다.

"평안히 지내셨습니까?"

"옥체만안에 기체만강하시다. 너도 신수 훤한 걸 보니 그쪽에서 어지간히 잘 놀았나 보구나."

적송은 가만히 웃어만 보였다.

그것으로 대답을 대신한 것일까?

혜정 대사의 눈이 가늘어졌다.

"그 옛날 봤던 꼬맹이가 어느새 오십이 넘어 내 앞에 나타나다니, 극구광음(隙駒光陰)이라는 말이 영 틀린 말은 아니야. 훤칠하게도 잘 컸어."

"감사합니다."

"감사는 무슨. 소림, 그 잡것들이 너한테 감사해야지. 어린 것을 타지에 던져 두는 몹쓸 놈들은 계도(戒刀)로 처맞아도 할 말이 없을 게다."

자기는 소림 출신이 아닌 것처럼 이야기하는 혜정 대사였다. 흉한 말을 하는데, 도무지 흉하다는 생각이 들지 않는다.

사람 냄새가 나는 승려.

적송은 어릴 적 뵈었던 사백의 모습이 사십여 년이 지나도록 한 점 변함이 없다는 것에 놀랐다.

"그래서, 아예 들어온 것이냐?"

"생각 중입니다."

"생각 중이라?"

"예. 제 사람들이 저 새외에 있습니다. 혹 흉사(凶事)가 생길까 저어되어 안전한 곳으로 피신은 시켰습니다만, 세상사 일이라는 게 마음대로 되는 건 아니잖습니까? 그들의 안전이 확실하게 보장되면, 그때 완전히 고향으로 돌아올 생각입니다."

혜정 대사가 딱, 소리가 나도록 이를 부딪쳤다.

"우매한 소리. 네 말대로 세상사 일은 한 치 앞도 내다볼 수 없는 것인데, 네 무슨 재주가 있어 확신을 한단 말이냐? 서로의 믿음만 주고받으면 그것으로 된 것이다. 인연이란 억지로 잡을 수도, 일부러 내칠 수도 없는, 신묘한 것이야."

학식 풍부한 학자가 말해도 수긍하기 어려운 말이지만, 그것이 신승의 입을 빌어 나오니 느낌이 달랐다. 적송은 혜정 대사의 말에서 풍기는 힘을 느꼈다. 무공 따위가 아닌, 지혜와 깨달음에서 오는, 진실된 말이었다.

"생각해 보겠습니다."

"허, 요놈이? 안 본 사이에 키만 컸나 싶더니,

다른 것도 제법 큰 모양이다."

"아무래도 각자(覺者)가 되지 못하는 한 부처의 설법도, 신선의 노래도 무소용이지 않겠습니까? 제가 느끼기 전까지 조언은 조언으로만 들을 생각입니다."

천하의 천무대종, 혜정 대사를 눈앞에 두고 이런 말을 할 수 있는 배포를 지닌 자를 어디서 또 찾을 수 있겠는가. 심지어 적송에게 혜정 대사는 사문의 어른, 그것도 큰 어른이었다. 적송의 노복(老僕)인 명전마저도 주인의 담담한 말에 놀란 듯 불안한 눈으로 둘 사이를 쳐다보았다.

다행히도 명전이 우려할 만한 일은 일어나지 않았다. 다만, 그가 놀랄 만한 일 하나는 분명히 일어났다.

"푸하하하!"

호탕하게 웃어넘기는 혜정 대사.

진정으로 통쾌한 듯, 하늘을 보며 가가대소(呵呵大笑)하니 영문을 모르는 사람도 함께 웃고 싶어지는 마력이 있다. 한참이나 그렇게 웃던 혜정 대사가 무릎을 쳤다.

"선재로고. 과연 시커먼 오물 속에서 연꽃이 피어

나고, 쓰디쓴 흙에서 달달한 백미(白米)가 솟는 법이지. 깨달음을 얻는 데에 환경이 무슨 소용이 있겠느냐. 네 모습을 보니 적어도 사질 걱정은 안 해도 되겠구나!"

"과분하신 칭찬입니다."

"사십 년 만에 보는 사질이 못쓰게 변했으면 어쩌나 싶어 왔는데, 내 걱정이 기우였던 모양이다. 심지어 일신의 재주도 비범하여 네 방장 사형마저 넘어선 듯하니, 네 사형제들이 다 큰 널 보면 어지간히 기뻐하겠다."

"그 또한 과분하신 칭찬입니다."

혜정 대사는 혀를 찼다.

"다 좋은데 쓸데없는 허례허식은 벗어나지 못했군. 그런 걸 보면 새끼 용이 제법 싹수가 있긴 했어."

순간, 적송의 눈이 반짝였다.

싹수가 있는 새끼 용. 천하의 혜정 대사가 칭찬을 하는 인재가 분명할 것이다. 도대체 누가 있어 천무대종 소림신승에게 이리 강한 인상을 주었는지 궁금해졌다.

"든든한 동량(棟梁)을 보셨나 봅니다."

"든든하긴 개뿔. 어떻게 다듬어는 놨는데, 그놈이 식인 괴수가 될지 한 마리 창룡(蒼龍)이 될지는 두고 봐야 알 것 같으니 어지간한 놈이야, 그놈도."

껄껄 웃던 혜정 대사는 몸을 휙 돌렸다.

"간만에 사질 얼굴을 보았으니 오늘 만난 인연은 다 만난 셈이다. 이만 가마."

적송은 사백을 한 번 잡지도 않았다. 그저 고개를 숙이고 인사를 건넬 뿐이었다.

"살펴 가십시오."

"아, 그리고 네 제자 녀석 말이다. 놀라운 재목이더구나. 잘 키웠어."

이때만큼은 적송조차 놀라지 않을 수 없었다.

"보셨습니까?"

"그 옆에 딸려 보낸 설화의 맥도 못지않게 좋은 재목이었지. 네가 인복은 있는 모양이다. 지금쯤 새끼 용과 이쪽 방향으로 오고 있을 게다. 만나면 잘 달래 주어라."

콰앙!

귀를 찢는 굉음과 함께 혜정 대사가 사라졌다.

어느새 저 멀리 하나의 점으로 화한 노승.

언제 보아도 인간 같지 않은 신법이었다.

적송은 살짝 웃으며 하늘을 보았다.

"새끼 용… 강비라는 그 아이인가. 어쩐지, 연사 (緣絲)가 그쪽으로 이어지더라니……. 당분간 제자 걱정은 안 해도 되겠군."

*   *   *

정적 이외의 것을 용납하기 힘든 충격이었다.

민비화는 자신이 한마디라도 해야겠다고 생각했다. 충분히 할 수 있을 만한 정신 상태였다. 충격을 받았 지만 정신을 놓을 정도는 아니었고, 앞뒤 전부 뗀 이 야기였으나 당시 상황을 알아듣기에도 부족함은 없었 다.

그러나 그녀는 입을 열지 못했다.

스스로도 알 수 없는 이유에서였다. 뭔가 묻고도 싶 고 뭔가 인정하고도 싶지만, 도대체 뭘 물어야 할지, 뭘 인정해야 할지도 몰랐다.

위진양은 그런 민비화를 안쓰러운 듯 쳐다보다가 재차 입을 열었다.

"미리 알았다면 어떻게든 서로 편해질 수 있었을 것이오. 하지만 나도 이 사실을 두 달 전에야 알았소. 나 이외의, 아니, 소림의 무승 일부를 제외하고 이 사실을 아는 이들은 거의 없다 해도 과언이 아니오. 알았다면 한바탕 난리가 났겠지."

두 여인의 멍한 눈을 보니 당분간 대화가 불가능할 것 같아 강비가 대신 나섰다. 어쩐지 나서야 할 것 같은 기분이었다.

"방주는 그걸 어떻게 알았소?"

"쉽게 생각해 보게. 아무리 개방의 정보력이 제일이라지만 이런 세세한 속사정들을 어찌 다 알 수 있었겠나. 소림의 승려들? 그들이라고 이렇게까지 자세히 알 수는 없는 일이지. 알아도 말해줄 위인들도 아니었어. 소림 승려들은 이 거친 전쟁의 와중에도 어린 시절 떠나보냈던 사제를 걱정하여 이곳의 난삽함에 끌어들이려 하지 않았거든."

"그렇다면?"

"그래. 법왕교주에게서 직접 연락이 왔었네."

민비화의 눈에 초점이 돌아왔다.

"사부님께서 당신에게 연락을 했다고요?"

"그렇소. 어떻게든 막으려 했지만 전쟁은 벌어졌고, 사실상 그로서는 더 이상 법왕교에 있을 필요가 없어진 셈이오. 물론 그는 책임감을 모르는 이가 아니었소. 비록 필요가 없어진 일이라 한들 거의 평생을 몸담았던 곳에 정을 준 사람들이 많은데 어찌 홀로 나섰겠소? 그래서 그는 올해 초 법왕교의 본전을 안전한 곳으로 이주하였소."

이건 또 무슨 소리인가. 민비화의 지친 얼굴에 다시 한 번 어리둥절함이 떠올랐다.

"이주?"

가볍게 한숨을 쉬는 위진양.

충격이 제법 거세 한순간에 지쳐 버린 민비화와 달리 위진양의 피로감은 쌓이고 쌓인 낙엽처럼 당장에라도 부스러질 것 같았다.

"내가 쫓긴 이유가 무엇이겠소? 이 중원 천하가 좁다 하고 뛰어다니는 내 팔자에 말이오. 사대마종, 아니, 삼대마종은 어떻게 알았는지 모르겠지만, 현 법왕교주의 정체를 파악하고야 말았소. 그리고 내게 정보를 알렸다는 것도 알았지. 다만, 그 정보가 어떤 정보인지는 모르오. 아마 그들 생각에는 치명적인 뭔가가 있다고 생각한 모양이오. 지금 그들은 천의맹을 상대하느라 무척이나 바쁘지만, 나와 법왕교주를 척살 일순위로 올려놓았을 거요. 법왕교주를 계속 지켜보고 있었겠지. 정보를 받고 하루 만에 쫓기게 되었는데, 두 달 동안 치가 떨릴 정도로 쫓아다니더이다. 그사이 십 년은 더 늙은 것 같소."

충분히 장난으로 볼 수 있는 말이지만, 누구도 웃지 않았다.

민비화는 그날을 떠올렸다.

강비를 찾아서 그를 회유하라는 스승의 말.

교주로서의 명령은 아니지만, 그녀는 그것을 선택할 수밖에 없었다. 딱히 교주가 되고 싶은 마음에 혈기가 치솟았던 것은 아니었다. 다만, 어떻게든 스승의 방대한 은혜를 갚고자, 그의 말이라면 무조건 따르겠다는 일념의 발로였던 듯싶다.

"하여 두 번째 임무를 내리느니, 그러나 이번 임무는 네가 직접 선택할 수 있는 권한을 주겠다."

"권한이라뇨?"

"해도 좋고, 하기 싫다면 안 해도 된다는 뜻이다.

선택권을 네게 주겠다는 것이지."

"어떤……?"

"듣자하니, 네가 만난 그 대단한 사람은 하남 정주, 암천(暗天)이라는 이름을 건, 묘한 곳에 소속이 되어 있다더구나. 이것이 네 후계 수업의 마지막이라 생각한다. 그들을 포섭해 오거라. 그들 전부가 아니라도 좋다. 네가 만난 그 청년, 그를 데려오는 것. 그것이 이번 임무다. 이번 임무는 기한이 없다. 일 년이 걸리든 십 년이 걸리든 그것은 너 하기 나름이니라. 어떠냐? 해볼 테냐?"

생각해 보니 이상하리만치 도발적인 어조였다. 스승의 그런 말투는 무공에 대한 가르침을 받을 때를 제외하고는 들은 적이 없었다.

제자가 어떻게 나올지 미리 알고 계셨을까?

제자를, 어쩌면 사지(死地)가 될지도 모를 그곳에서 떠나보내기 위한 스승의 눈물겨운 노력이라 생각한다면 그것은 지나치게 대담한 해석일까?

민비화로서는 알 수가 없었다. 지금의 그녀는 모든 것에 확신을 가질 수 없었다.

"실제로 법왕교주는 천성이 다툼을 싫어하는 위인인 것 같았소. 법왕교라는 단체를 유지하고는 있지만, 들어보니 거의 가정집에 준할 정도로 화목했다 하더군. 구대문파를 넘어설 정도로 큰 대문파가 그만큼 화기애애하다는 것도 신기하다면 신기한 일이오. 호기(豪氣)는 무(武)에만 한정되었다고 전해지더이다. 아마 당신이 가장 잘 알고 있을 거요."

위진양의 말은 사실이었다.

법왕교에는 그야말로 괴물 같은 고수들이 득실거려, 나머지 세 방파 어디와 비교해도 떨어지지 않았다. 단순히 고수의 숫자만을 생각하자면 무신성을 앞설는지도 몰랐다.

하지만 그들 모두가 선하디선하여 싸움에 그리 흥미를 두지 않았다. 스스로의 완성을 위해 노력했고, 타인을 배려하는 데에 노력을 아끼지 않았다.

개중에 지나칠 정도로 호방한 사람들도 있었지만, 그런 무인들은 극소수에 불과했다. 이리 생각해 보니, 그만큼 커다란 단체가 어떠한 불화도 없이 용케 화목했다는 생각이 들었다.

'당연하다고 생각했던 걸까? 지금 생각해 보니 놀

라운 일이긴 한데……'

충격으로 다소 얼떨떨해졌던 머리가 차분함을 되찾았다. 과거 소중했던 사람들과의 추억. 진통제로서는 그만한 기억이 없었던 것이다.

"어쨌든, 이로써 내 할 얘기는 대강 끝난 것 같소. 머리가 어지러워 그런지 주절주절 헛소리도 많았을 텐데, 듣느라 고생이 많았소이다."

"…아니에요."

"그나저나 강 아우, 자네는 이제 어디로 갈 건가? 하남으로 갈 거지?"

당연하다는 듯 아우라 부르던 위진양의 질문은 또 당연한 것이었다. 모든 수련을 마치고 나온 지금, 강비의 발길이 향할 곳은 하남 암천루일 수밖에 없던 것이다.

"그렇소."

"하면 같이 가지. 나도 하남에 볼일이 있어서 말이야. 덕택에 힘 좋은 호위도 구한 것 같으니. 흉한 일만 많았거늘, 이제부터는 거지 운세가 좀 트이려나 보군."

그러고는 냅다 눕더니 어느새 코까지 곯아버리고

자는 위진양이었다. 담담하게 이야기를 풀어 나갔지만 그것이 그의 몸에 많은 부담을 주었던 듯, 자는 얼굴에도 피로감은 가실 기미가 보이지 않았다.

거지 대왕을 한참 바라보던 강비는 이내 모닥불로 시선을 옮겼고, 민비화와 백단화는 깊은 생각에 잠겨 아무런 말도 하지 않았다. 마치 약속이라도 한 듯 침묵을 지키는 세 사람의 어깨 위로 밤의 차가운 공기가 이불처럼 천천히 내려앉았다.

5.
하남풍운(河南風雲)

"소림 방장과의 일대일 비무라니, 무신성주라는 이 작자도 어지간히 광오하군."

투덜대듯 내뱉은 말에는 피곤함이 절절 흘렀다. 진관호의 말에 당선하는 어깨를 으쓱거렸다.

"광오하긴 해도 실력은 확실할 거예요. 어지간히 무공에 자신이 없으면 그따위 생각은 하지도 못할 테니까요."

"그렇겠지. 그만큼 덩치 큰 조직을 이끄는 수장이라면 아무리 낮게 봐도 범용하기 힘들어. 무공이나 지략이나 대단하겠지. 하지만 역시나 광오하다는 평가를 지우긴 힘들군."

"동감해요."

일보복마(一步伏魔) 적인 대사(寂仁大師).

당대 불문 무공의 정점에 선 인물이자 공공연히 중원제일의 문파라 칭해지는 소림사의 방장이다. 별호 그대로 한 걸음에 만마(萬魔)를 굴복시킨다는 무공을 지닌 인물이니, 그 대단함이야 말해서 무엇하랴.

그가 나한이었던 시절, 당시 천하를 혼란케 했던 혈랑단(血狼團)의 단주 야수신마(野獸神魔)를 한 걸음, 한 주먹에 회생불능으로 만들어 버린 데에 그 유래가 있다.

그 젊은 나이로 사문의 어른들을 압도하는 무공을 지닌데다가 불심(佛心) 또한 깊어서 차기 방장으로 확정되었던 희대의 기린아가 바로 적인 대사였다.

소림 방장 적인 대사와 무당파의 장문인인 풍안 진인(風顏眞人)을 일컬어 세인들은 따로 불선이존(佛仙二尊)이라고 부르기도 하였다.

가진바 무력을 떠나 만인에게 그토록 숭앙을 받는 사람이라면 달리 볼 여지가 있다는 뜻인데, 무신성주는 그토록 오만방자한 어조로 적인 대사에게 비무를 신청했다.

그것은 또한 달리 말하자면, 그만큼 사대마종이 중원무림에 가진 증오심이 크다는 뜻이기도 하며, 무신성주의 성격 일면을 보여주는 바라고 볼 수 있겠다.

"아무나 이기든 지든 이놈의 전쟁이나 얼른 끝났으면 좋겠군."

진심으로 그리 말하는 것 같았다. 진관호는 팔짱까지 낀 채 의자에 등을 묻었다. 피곤이 역력한 얼굴을 보면 황보산을 그리 몰아친 암천루주 같지가 않았다.

당하선은 콧등에 주름을 잡았다.

"그래도 소림이라고요. 천의맹에 의뢰까지 받은 마당에 천의맹을 응원해야지, 아무나 이기든 지든이라니요."

"이봐, 진심으로 하는 말이야?"

"저는 장난을 별로 좋아하지 않아요."

진관호는 피곤에 찌든 눈으로 당하선을 바라보았다.

세상에 사천의 당가(唐家)를 제외하고 당 씨가 없

는 것은 아니지만, 당하선은 분명 사천 출신의 당 씨였다.

그것도 방계가 아닌 당가의 직계로서 암기와 독술의 정점을 찍었다는 사천당가에서도 세 손가락 안에 꼽히는 천재라 불린 인재였다.

그래서일까, 새외의 네 문파를 바라보는 눈초리가 마냥 곱지 않은 듯싶었다. 이제 와 명문의 자제라 보기 힘든 성정을 보이고는 있지만, 확실히 중원의 태생이라는 느낌이었다.

"본 루는 어디에도 신경 쓰지 않아. 천년소림의 위명에 먹칠을 가하는 것 따위야 알 바 아니라고."

"그래도 소림이라고요. 천년소림, 천하공부출소림(天下工夫出少林)이라잖아요?"

"그래서, 그 소림이 우리한테 무슨 도움이라도 줬나?"

"어쨌든 구파일방이 없었다면 지금의 우리도 위험해요. 말이야 바른말이지, 그들이 아니었다면 그 평화 속에서 우리가 커갈 수나 있었겠어요?"

"그 구파일방과 오대세가가 우리를 못 잡아먹어서 안달이 났던 건 기억이 안 나나 보지?

그리 말하면 할 말이 없어진다.

당하선의 꿍한 표정을 직시하며 진관호는 모처럼 진지하게 입을 열었다.

"이미 알고는 있겠지만, 내 이참에 분명히 말하지. 본 루는 의뢰 집단이야. 마음으로 누구 편에 서는 거야 내 알 바 아니지만, 사적인 감정으로 일을 처리해서는 안 될 일이라고. 명심해 둬."

"알고 있어요."

"젠장, 솔직히 누가 이기든 알 바는 아니지만, 마음 같아서는 공멸이라도 했으면 좋겠군."

"왜요?"

끔뻑이며 진지하게 묻는 당선하였다.

그것을 보며 진관호는 충격을 받았다. 자신 못지 않게 많은 일을 처리하는 당선하였기에 의지를 많이 하는 편이긴 하지만, 어지간히 일을 많이 시켰던 모양이다. 이 간단한 원리도 모르고 있지 않은가.

"다시 묻는다만, 진심으로 하는 말이야?"

"다시 말하지만, 저는 농담을 별로 좋아하지 않아요."

"이봐, 사대마종이 이기면 천의맹의 의뢰를 받아 활기차게 세작을 잡아들인 우리를 곱게 볼 것 같아? 안 잡아 죽이면 다행이지. 천의맹이 이기면? 그것도 문제야. 이미 본 루는 수면 위로 올라왔어. 앞에서는 젠체하겠지만, 뒤로 감시란 감시를 다 붙이면서 어떻게든 자기들 손아귀에 집어넣으려고 작정할 거란 말이다. 다시 숨어들려는 우리를 오죽이나 들들 볶겠냐고. 그 귀찮은 꼴을 어떻게 보냐?"

당하선은 인정할 수밖에 없었다.

구세대의 눈과 신세대의 눈이 이리도 다를 수 있다는 것을.

"루주님, 일 좀 적당히 하세요. 어지간히 피로가 쌓인 모양이에요."

"뭐라?"

"이미 수면 위로 올라왔는데 어떻게 다시 가라앉을 생각을 하는 거예요? 드러난 조직은 더 이상 음지에서 살 수가 없어요. 망하든지 당당하게 양지를 활보하면서 살든지 둘 중 하나라고요. 망하는 건 당연히 안되니 양지를 걸어야 마땅한데, 그러려면 천의맹과 친분을 쌓을 생각을 해야지, 공멸이라니요? 루주님 말대로 사대마종이 이기면 그놈들이야 우릴 잡아 죽이려고 씩씩대겠지만, 천의맹은 받은 도움을 봐서라도 그렇게는 못해요."

이번에는 진관호가 충격을 받을 차례였다.

당선하의 말은 사십 년을 훌쩍 넘게 살아온 진관호에게도 충격적이었다. 순간적으로 피로가 전부 날아가 버릴 정도였다.

'음지에 숨어들 수 없다?'

뒤통수를 한 대 맞은 것 같았다.

이미 수면 위로 부상한 암천루.

지금까지야 그림자 속에서 의뢰를 받아 성장해 왔지만, 만약 전쟁이 끝나면?

그때까지도 이전과 여일한 생활을 반복할 수 있을까?

생각지도 않은 부분이었다. 마음속으로 당연히 이전처럼 돌아갈 수 있을 거라고 판단했던 모양이다.

당선하의 말이 맞다. 한 번 양지로 올라온 조직은 다시 음지로 숨어들 수 없다.

이미 구파일방을 위시로 한, 힘 있는 문파들이 암천

루의 존재를 죄 파악하고 있을 텐데 어찌 숨어들 수 있겠는가.

물론 하려고 한다면 못할 바 없겠지만, 엄청난 시간과 공을 들이게 될 것이다. 그 시간과 들인 공을 생각하자면 차라리 음지에 숨어 살지 않는 게 백배 이득이다.

"어? 어?"

한 번 당황하니 얼치기의 옹알거림밖에 나오지 않는다.

맹한 얼굴로 '어?'라는 소리만 반복해 대는 루주를 보며 당선하가 한숨을 쉬었다.

"저는 당연히 루주님이 전후(戰後)에 양지로 올라서려 한다고 판단했는데요. 의뢰를 받아들인 이유 중 하나가 그것 아니었나요?"

"어? 어?"

"아니었나 보네요."

"어? 아, 그거는 본 루가 받은 도움이 있어서⋯⋯. 의선문이나 황보세가나 다른 곳이나⋯⋯ 은혜를 입었으면 갚아야 한다는 심정으로⋯⋯."

완전히 바보처럼 변해 버린 진관호의 얼굴은 나름

대로 구경하는 맛이 있었다. 만약 현 사태에 아무런 연관이 없는 입장이었다면 당선하도 포복절도할 의향도 있었다.

그러나 그녀는 암천루 소속이었고, 앞으로도 암천루의 소속일 것이므로 멍청한 상관의 얼굴을 보며 머리가 아플지언정 웃을 수는 없었다.

"이봐요, 루주님. 음지의 암천루는 천의맹의 의뢰를 받은 순간 끝났어요. 우리는 어쩔 수 없이 양지로 올라서야만 한다고요. 이름을 바꿔 숨어든다 해도 저들의 눈은 항상 이곳을 향할 텐데, 그게 가능이나 하겠어요? 차라리 대놓고 활동하는 게 우리한테 훨씬 이득이라고요."

정답이었다.

진관호는 멍청한 얼굴을 풀었다. 그러나 심란함까지 가시는 건 아니었다.

그 심란함이 어찌나 컸던지, 다 식어버린 찻잔을 쥐려 뻗은 손까지 떨릴 지경이었다. 그는 신랄하게 자책하지 않을 수 없었다.

'이런 멍청한! 저 어린아이도 아는 걸 나는 왜 모르고 있었을까?!'

그걸 전혀 고려하지 않았다니, 그는 끔찍한 기분에 휩싸였다. 애초에 일에 끼어든 이상 노선은 정해져 있는 것이나 다름이 없었거늘, 엄한 곳에다가 심력을 쏟고 있었던 것이다.

진짜로 고려해야 할 곳에 힘을 쓰지 않았다니, 실수도 이런 실수가 없었다.

결국 나오는 건 한숨뿐이었다.

"후우, 제기랄. 나도 나이를 먹긴 먹었나 보군."

"불혹이 넘은 시점에서 거의 늙은 거나 다름이 없다고 봐요."

"너도 살아봐라. 삼십? 금방이야. 사십? 더 빨라. 네 얼굴에 주름 끼는 것도 순간일 거다."

"그래도 난 멍청해지진 않을 거예요."

"그래, 그건 안 되겠지. 나처럼은 되면 안 될 게다."

스스로에 대한 조소를 짓는 진관호를 보며 당선하는 당황하지 않을 수 없었다.

이런 모습의 루주는 처음이었고, 익숙하지 않은 사태에 직면한 그녀는 결국 할 말을 찾지 못해 슬쩍 고개를 돌릴 뿐이었다.

약간의 정적이 두 남녀 사이를 가로질렀다.

사람 사이의 정적이란 연인이 아니고서야 아름답기 힘들었다. 그럴 경우, 정적이 선물하는 것은 어색함과 공포 이외에 없다고 봐도 무방한데, 용케도 이 집무실 안을 휘도는 정적은 근심만을 선물하고 있었다.

이내 진관호의 한숨이 정적을 깨트리고, 조금은 안심한 당선하가 루주에게 시선을 맞출 때였다.

"루주님!"

집무실 문을 발칵 젖히고 들어오는 사람은 시커먼 야행복으로 전신을 감싼 남자였다.

암천루에서 운용하는 비선 중 하나로 스스로의 이름조차 버린 이 남자는, 그랬기에 냉정하게 분석하고 사태를 보는 것에 익숙한 자였다.

이런 남자가 급박하게 집무실로 들어오는 사태가 결코 많지 않을 것이라는 건 진관호와 당선하도 잘 알고 있었다.

두 남녀가 동시에 얼굴을 굳힌 이유였다.

"무슨 일이야?"

"비선으로 연락망이 도착했습니다."

"어떤?"

남자는 묘하게 흥분한 얼굴이었다. 그것이 급박함은 될지언정 공포나 걱정으로 보이진 않았기에 두 사람은 다소 안도했지만, 그래도 긴장을 늦추지는 않았다.

그리고 그 긴장은 뒤이어 나온 남자의 발언에 폭발하고야 말았다.

"무혼조(武魂組) 강 무사에게 연락이 왔습니다!"

"뭣이?!"

*　　　　*　　　　*

등효의 몸이 버드나무 가지처럼 흔들거렸다.

그처럼 큰 덩치가 이리 유연하게 움직일 수 있다는 것만으로도 놀라운 일이었다. 마치 뼈가 없는 동물마냥 흐느적거리는 게 신기해 보일 지경이었다.

전신에서 힘이란 힘은 전부 뺀 모양새.

최소한의 힘으로 대지를 딛고 서 있지만, 말 그대로 뿌리만 박힌 채 제멋대로 움직이는 몸은 신기함을 넘어 괴악해 보였다.

아무런 생각도 하지 않는 눈동자에서 불꽃이 피어 오른 건 순간이었다.

"합!"

거센 기합성과 함께 질러지는 주먹에서 대기를 찢는 파공성이 울렸다.

묵직한 파공성.

사람 하나를 희롱하며 희희낙락거리던 바람들이 화들짝 놀라 사방으로 퍼지는데, 순간적으로 공기의 압력이 확 오그라드는 느낌이었다.

등효의 주먹은 미세한 떨림 하나 없이 정확하게 일자로 질러졌고, 그 주먹의 첨부 끝에는 떨어지는 낙엽 한 장이 있었다.

스르르.

진각(震脚) 없는 발경으로 뻗어낸 주먹.

권경(拳勁)의 막강함이라면 낙엽 따위야 당장에라도 바스러지는 것이 마땅할 일이거늘, 정작 발경에 휘둘린 낙엽은 십여 장에 이르는 거리를 쭉 밀려 바닥에 내려앉았다.

무도에 몸을 실은 사람이라면 마치 난생처음으로 술법을 대한 것처럼 신기해할 광경이었다.

발경이란 힘의 발산이다. 특히나 내공심법으로 단련이 된 내공을 경력으로 환산하여 때리는 건 강력하기 짝이 없어 막 발경의 묘리를 깨우친 무인이 휘둘러도 아름드리나무에 흔적을 낼 수 있을 정도였다.

등효 정도의 무인이 펼쳐 낸 발경은 일격에 사람 하나의 몸도 박살 낼 수 있다. 아니, 사람의 몸을 넘어 집채만 한 바위도 수십 조각으로 흩어낼 수 있을 만한 힘을 가진 사람이 등효였다.

그런 등효가 전력으로 뻗은 권경이 부스러지기 쉬운 낙엽을 저 멀리 밀어버릴 수 있었다는 것은 무엇을 뜻함인가.

짝짝짝.

저 멀리서 박수를 치는 벽란의 모습.

여전히 눈은 감고 있지만, 신비로운 분위기는 이전과 다를 바 없었다.

아니, 이전보다 더욱 농도가 짙은 기를 뿌리는 그녀에게서는 어쩐지 사람 냄새가 나지 않았다.

"축하드려요."

"감사하오."

"일 년도 되지 않아 무척이나 높은 성취를 이루었군요."

낙엽에 한 점 해를 가하지 않고 밀어내는 권경.

출수한 권경은 분명 파괴적인 기의 응집이었으나 낙엽은 부스러지지 않았다. 그것은 곧 내기의 수발을 자유롭게 다스리는 경지를 넘어 외기(外氣)까지 통제할 수 있다는 의미였다.

게다가 등효가 익힌 진악팔권(鎭嶽八拳)은 중원 어떤 권법보다도 패도적인 위력을 자랑한다. 그처럼 치명적인 막강함을 자랑하는 경력으로 낙엽에 해를 가하지 않았으니, 등효의 성취란 가히 상상을 불허하는 것이었다.

하지만 벽란의 칭찬에도 등효는 별 동요가 없어 보였다.

"아직 소성(小成)에 불과하오. 대성하기 위해서는 앞으로도 뼈를 깎는 고련이 필요할 거요."

이마의 땀을 훔치며 담담히 말하는 등효였지만, 가까이서 그를 지켜본 벽란은 순수하게 찬탄을 머금었다.

이전의 등효도 충분히 강하다 할 수 있었다.

직접 겨루게 되면 모르겠지만, 단순한 경지로 보자면 당시의 강비와 비슷하거나 한 수 위라 보아도 무리가 없을 정도였다.

그 정도의 강자라면 이 중원 천하에서도 결코 쉽게 찾아볼 수 없는 수준이었다.

그런 등효가 지금은 더 강해졌다.

어설프게 강해졌다 말할 수 없을 정도로 강해졌다.

죽음을 불사하고 몇 달 동안 수련한 결과는 그에게 이만큼이나 큰 선물을 내어준 것이다.

"당신도 놀랍소. 이제는 기를 읽을 수가 없군."

벽란이라고 그동안 놀고만 있었을까.

등효가 필사적이었다면, 그녀 역시 필사적이었다.

아니, 오히려 그간 수련에 등한시했던 자신을 채찍질이라도 하는 듯 과하다 싶을 만큼 몰아붙인 바 있었다.

실제로 몇 번이나 죽을 뻔한 그녀였다. 상단전의 기가 통제 불가로 날뛰어 광증(狂症)이 올 뻔한 적도 있었다.

그러나 그 아슬아슬한 줄타기에서 그녀는 살아남았고, 등효처럼 큰 선물을 받게 되었다.

'성장'이라는 이름의 선물이었다.

술사로서 뿌리는 신비로운 기도는 있되, 경지 높은 무인이 보아도 그녀의 몸에 내재한 기를 읽어낼 수 없으리라.

자신의 기를 완벽하게 갈무리하여 오히려 평범하게 보이게 되는 경지에 다다른 것이다.

그녀는 고소를 지으며 자신의 눈을 매만졌다.

캄캄하게 닫혀 버린 눈꺼풀.

'봉신안이 없었다면 이만큼 오지도 못했겠지.'

봉신안은 위험한 술법이다. 그야말로 양날의 검과 같은 술법으로, 자칫 긴장을 놓으면 외려 술법에 잡아먹혀 버리는 신세가 될 수도 있는 것이다.

하나 일단 익히게 되면 심안(心眼)이 트이고 기의 본질을 파악하는 능력을 갖추게 되니, 재능이 없는 이도 다른 술법을 익혀낼 때 괴물 같은 성취를 일구어낼 수 있다.

그녀는 봉신안을 펼치기 이전에도 초혼방 최고의 천재라 불려오던 재목이었다. 그런 천재가 봉신안의 술법으로 죽음을 불사하는 노력까지 감행했으니, 지금의 엄청난 성취는 당연한 것이었다.

'어쩌면 봉신안 때문에 자만했을지도 모르지.'

강비와 함께 만난 이후.

그때도 술법 수련을 멈추지 않았다면 지금 이상의 드높은 성취를 이루어 십대혼주를 넘어 초혼방 원로조차 굽어보는 경지를 구축할 수도 있었을 것이다.

하지만 지나간 시간은 다시 되돌릴 수 없는 것.

그런 무공도, 술법도 존재하지 않는다.

후회는 하되, 그것을 발판 삼아 나아가면 된다.

벽란은 그렇게 스스로를 다독였다.

등효는 허공에다 주먹을 탁탁, 끊어 치며 물었다.

"어디, 한판 해보시겠소?"

대련.

무인과 술사와의 대결은 세상 어디를 가도 열광을 받을 만했다. 그간 두 남녀가 성장할 수 있던 데에는 수련 이외에도 실전을 방불케 한 수련이 한몫을 했다.

하지만 그녀는 고개를 저었다.

"아뇨. 이제는 그만하는 게 좋겠어요."

상대의 다소 뜨뜻미지근한 반응에 등효는 당황했다.

오히려 벽란 쪽에서 대련을 하자며 들러붙는 경우가
허다했기에 설마 거부할 것이라고는 생각조차 하지 못
했던 까닭이다.

"왜 그렇소?"

"바람이 불어오고 있거든요."

"바람?"

"네. 저 멀리서 불어오네요."

등효는 고개를 갸웃거렸다.

바람이야 한여름에도 부는 것이니 바람이 분다고
대련을 그만둔다는 게 이해가 가지 않았던 것이다.

"그게 무슨 소리요?"

"느껴져요, 신기(神氣)가."

"신기가 느껴진다?"

"한 마리 창룡이 뻗어 나가는 느낌. 천신이 강림하
여 만마를 굴복시킨 용의 어금니, 용아창의 신기가 이
곳까지 느껴지는군요."

용아창.

천신의 무구라 불리는 신병이기로, 이 드넓은 천하
에서도 비견될 만한 병기가 없는, 그야말로 유일무이
에 가까운 절대적 병기.

등효의 눈이 커졌다.

"그렇다면……?"

"네. 그가 나왔어요. 엊그제 느꼈지만 워낙 희미해 긴가민가했는데, 이제는 확실하네요. 그의 존재를 감추어둔 미지의 뭔가가 사라졌어요."

탕!

양 주먹을 부딪치는 등효의 눈에 불길이 번졌다.

"어디요?"

"그것까지는 정확하게 알 수 없어요. 다만, 대략적으로 보면… 올라오고 있어요. 저 밑에서 이곳 하남까지요. 아마 이곳 암천루로 오고 있는 것이겠죠."

등효 못지않게 눈을 빛내는 벽란.

그러나 등효와는 또 다른 아릿한 감정을 품고 있었으니…….

'곧 만날 수 있겠군요.'

반년을 넘어 거의 일 년에 가까운 시간이 흘렀지만, 그녀는 아직도 강비의 존재를 정확하게 그려낼 수 있었다.

눈을 뜨고 보지 못해 그의 얼굴을 기억할 수는 없어

도, 그의 존재는 그녀의 뇌리에 각인처럼 박혀 있었
다.

사소한 말투부터 시작해 그의 파멸적인 무공까지.

그리 말이 많은 남자가 아님에도 한 마디, 한 마디
에서 느껴지는 존재감은 대단했다. 어쩌면 말이 없기
에 그만큼 귓속으로 박히는지 모를 일이었다.

광풍의 군신.

술법이계에서 모든 술법사들에게 존경을 받는 음양
신(陰陽神)의 예언을 받은 자.

그저 그의 도움을 받고, 그를 도와주고, 함께 목표
를 향해 달리고자 다가간 인연이었다.

인연이라는 것은 참으로 묘했다.

한 번 엮인 인연이란 어디로 어떻게 뻗어 나갈지 누
구도 알 수 없는 것.

천기를 헤아리는, 신선의 반열에 든 초월자라면 모
르되, 사람이라면 그런 것을 파악하지 못하는 게 당연
한 일이었다.

벽란 역시 사람이었고, 그래서 그녀는 자신이 만들
어낸 억지 인연이 이토록 깊어질 수 있었다는 것에 놀
랄 수밖에 없었다.

그리 길지 않은 만남.

그 잠깐의 만남으로 강비는 그녀와 등효를 위해 목숨을 걸었다.

강비 역시 초월자는 아니기에 자신의 운명을 몰랐을 것이고, 그 목숨을 건 행위에서 자신이 살아남게 될지 확신하지 못했을 것이다.

타인에게 생명의 구함을 받은 적은 있어도, 목숨마저 버린 채 구함을 베푼 사람은 처음이었기에 더욱 마음이 갔는지도 모를 일이었다.

자신이 먼저 찾아가지 않았다면 이런 일로 얽히지도 않았을 사이였다는 걸 보면 미안함에 얼굴도 들지 못할 지경이었다.

물론 그녀는 그런 시시콜콜한 것들에 대해 더 이상 생각하지 않았다. 더 생각해 봤자 머리만 아플 뿐이고, 다만 현재의 감정을 담담하게 지켜보는 것이 중요한 것임을 그녀는 잘 알고 있었다.

'나는 그가 좋다.'

가슴 절절한 애정이라고까지는 못하겠지만, 호감 이상의 무언가가 맥동하고 있다. 그녀는 그것을 인정했다.

다만, 걱정이 되는 건, 다시 보게 될 때 이전처럼 담담하게 말을 할 수 있느냐, 없느냐였다.

왜 그런 것을 신경 써야 되겠느냐고 묻는다면 딱히 답하기는 어렵지만, 그녀는 그런 것에 대해서는 담담할 수가 없었다.

"이거야 원, 정신이 팔려도 이만저만 팔린 게 아니로군. 고향에 남겨놓고 온 남정네 생각이라도 하는 게냐?"

퍼뜩 놀란 벽란.

등효도 놀랐다.

어느새 그들 뒤에서 서문종신이 걸어오고 있던 것이다.

"어이구, 앞도 못 보는 처자는 연정(戀情)에 젖어 호흡이 가쁘고, 덩치만 미욱하게 큰 곰탱이는 남색가(男色家)도 아닌 주제에 사내놈 생각에 입만 헤 벌리고 있구나. 어디에서도 보기 힘든 진풍경이라는 걸 인정하지 않을 수 없군."

"어르신!"

금세 당황하는 두 남녀였다.

서문종신의 경지란 그리도 막강해진 두 사람의 수

준마저 아득히 뛰어넘어 정상에 앉아 있는 그것이라, 다가오고 있어도 기를 파악하지 못하고 있던 것이다.

"들었느냐? 강비 그놈, 비선으로 연락을 해온 모양이다. 지금 호북 융중산을 지나고 있다더군. 어지간히 빠르게 북상하고 있는 모양이다."

"알고 있습니다."

"그래, 란아의 술법이라면 그럴 수도 있겠어."

흘흘 웃는 모양새가 평소와는 다르게 기분이 좋은 것 같았다. 아무리 이놈저놈 해 대는 서문종신이지만, 일 년 만에 보게 될 강비를 생각하자 제법 반가워하는 듯했다.

"너희들은 이제 어찌할 생각이냐?"

등효는 어깨를 으쓱했다.

"저는 강비, 그 사람에게 빚이 있습니다. 목숨의 빚이지요. 평생 술을 사다 바쳐도 모자랄 판이니 그러려면 계속 붙어 있어야 하는데, 그건 인생 창창한 남정네에게는 지옥 같은 일 아니겠습니까? 다행히도 그 남자, 이번 전쟁에 끼어들 모양인데, 그 참에 빚이나 탕감해야 할 것 같습니다."

충분히 짐작하고 있던 말이다.

서문종신의 눈이 이번에는 벽란에게 향했다.

"넌?"

"마찬가지예요."

그 한마디로 모든 것을 정리한다.

두 사람이 괜히 이곳에서 수련에만 열중했던 게 아니었다.

강비와의 재회를 위해 더 강해지기 위해 있던 것 아니었나.

서문종신은 손뼉을 쳤다.

"자, 그럼 마중이나 나가볼까?"

"마중이요?"

"이 늙은 몸뚱이는 의뢰를 받은 게 있어서 저 하북으로 올라가야 될 판이야. 하긴, 지금 본 루의 상황이 그렇지. 하지만 너희들은 강비, 그놈을 만나기 위해 여기 있는 것 아니냐? 그렇다면 마중이라도 나가야 도리가 아니겠나."

틀린 말은 아니지만, 평소의 서문종신과는 전혀 어울리지 않는 말이기에 두 사람은 당황했다.

그런 두 사람을 보며 서문종신은 어깨를 으쓱거렸다.

"그런 이유도 있고, 비선이 파악한 바, 제법 골치 아픈 일에 말려들게 될 것 같아서 말이다."

"골치 아픈 일이요?"

"비아가 비사림과 악연이 있다는 것 알지? 한데 그놈 옆에 지금 개방 용두방주까지 붙어 있다더군. 저쪽에서 적극적으로 용두방주를 죽이기 위해 무인들을 고용한 것 같다. 그렇지 않아도 대적 중 대적인 두 사람인데, 이곳까지 오는 길이 평탄할 성싶으냐? 심지어 얼마 후에는 무신성주와 소림 방장이 비무까지 벌일 판이니, 그전에 주변 정리도 해놓을 심산이겠지. 아마도 이곳까지 오는 데에 제법 피를 흘리게 될 것이다. 시체로 운반되기 전에 가서 도와주는 게 좋을 게야."

모처럼 진지한 어조였다.

서문종신의 진지함.

일대 종사의 진지함이란 언제 어느 때든 압도적인 뭔가를 풍기게 마련이었다.

두 사람의 눈이 서릿발처럼 굳어졌다.

"호북 융중이라고 하셨죠?"

"그래. 본 루에서는 워낙 인원이 많이 빠져나가서

당장 돕기도 힘들 판이다. 너희들이 수고 좀 해줘야겠다. 비선의 운용에 대해 알려주마. 란아의 술법이 아무리 신통한 것이라도 정확한 위치를 알기란 힘들 것이다."

등효의 눈동자가 빛나고, 벽란의 몸에서 격정적인 기가 피어올랐다.

한 사람이 목숨을 도외시하고 살렸던 두 사람.

그 두 사람이 이제 와서는 그 한 사람을 돕기 위해 주먹을 움켜쥐고 있으니, 인연이란 이와 같은 것.

그날 저녁, 하남 정주 암천루의 본거지에서 두 남녀가 비조처럼 날아올랐다.

*   *   *

위진양은 쾌활한 사람이었다.

얼마나 쾌활한 사람인가 하니, 눈앞에서 적이 몰려와도 웃으면서 손을 뒤흔들 정도로 쾌활한 사람이었다.

이 정도로 굵은 신경이라면 호랑이가 옆에 와서 자도 눈 하나 깜빡 하지 않을 것이라며 민비화는 혀를 차기에 주저하지 않았다.

물론 그것은 맞는 말이었다.

위진양을 아는 사람이라면 그를 쾌활하고 호협한 사람이라고 주장하는 데에 망설이지 않을 것이다. 그러나 지금 위진양이 진심으로 쾌활해 하는 데에는 적의 손에 농락당할 자신의 처지를 즐기는, 이른바 변태적인 성향과는 약간의 차이가 있었다.

와룡거사(臥龍居士)의 전설을 담은 융중산을 넘어, 이윽고 하남의 대별산(大別山) 자락에 올라선 네 사람은 먹구름처럼 다가오는 살벌한 적의(敵意)를 느꼈다.

그 적의는 불꽃처럼 뜨겁고, 늪지대처럼 칙칙하며, 화살처럼 뾰족하기 이를 데 없었으니, 무시하려 해도 할 수가 없을 정도로 짙은 살기를 뿌리고 있던 것이다.

마기로 점철된, 진득한 살기.

"어지간히 몰려오는군."

위진양은 초인이었다.

인간의 영역을 벗어난 천외천의 무신이라 불리기에 부족함이 없었다. 혈사문을 해독하고 이곳까지 오는 며칠 새에 그 위중한 내상을 구 할 이상 회복시켰으니, 초인이라 불리기에 결코 부족함이 없었다.

위진양은 거지였다.

무엇보다도 먹는 것에 환장하는 '진짜배기' 거지였다. 누더기 옷차림에는 눈길 한 번 주지 않지만, 먹는 것이라면 호랑이 수백 마리가 달려든다 한들 고기 한 점 뺏기지 않을 정도로 무시무시한 식탐을 가진, 직업 정신에 충실한 거지였다.

그런 거지가 새하얀 이빨을 보이며 웃고 있었다.

먹잇감들이 산더미처럼 몰려드는데 거지로서 웃지 않을 수가 없던 것이다.

이미 체력은 거의 다 회복했고, 남은 것은 둔해진 몸을 푸는 것뿐인데, 마침 상대할 자들이 떼거리로 몰려오고 있는 것이다. 기쁘지 않을 수 없고, 웃지 않을 수 없는 데에는 그런 이유가 있었다.

활짝 웃는 위진양에 비해 강비와 민비화, 백단화의 얼굴은 그다지 편치 못했다.

"꽤나 많군. 더군다나 저쪽에서는……."

"네. 군주라도 행차하신 모양이에요."

산 너머에서 꿈틀대는 마기의 파동이 엄청나게 강력했다. 이 일대를 모조리 날려 버리겠다는 듯 패도적인 기세를 있는 대로 뿌려 대며 전진하는 와중이니, 심약한 사람이라면 졸도를 해도 몇 번은 했을 것이다.

"심지어 하나도 아니야. 둘이다."

비사림 칠군주 중 둘.

아무리 이모저모 살펴봐도 반가워질 수가 없는 존재들이었다.

심지어 강비는 그 두 군주들 중 하나의 기세를 읽고서는 살기마저 일어나는 걸 느꼈다.

'천랑군주!'

천랑군주였다.

이전, 등효와 벽란의 목숨을 구하기 위해서 내단마저 깨버리게 만든 원흉.

그로 인해 혜정 대사에게 많은 도움을 받았지만, 그건 그거고, 이건 이거다.

자칫 젊은 나이에 무의 극의조차 탐독해 보지 못하고 생을 마감할 뻔하지 않았던가.

"한 놈은 내가 맡겠소."

용아창을 꾹 쥐고 이를 가는 모양새가 평소의 강비답지가 않았다.

나른한 눈동자에서 용암이라도 터져 나올 기세.

백단화가 걱정스레 말했다.

"괜찮겠어요? 냉정하게 상대해도 어려울 이들이에요."

"괜찮소. 풀어야 할 원한 같은 게 있는 상대이니."

그렇다면 별수 없는 일이다.

백단화가 고개를 끄덕일 때, 위진양이 손 하나를 번쩍 들었다. 꽃놀이 즐기러 온 것도 아닌데, 어지간히 즐거운 얼굴이었다.

"그럼 나머지 하나는 내가 맡지. 몸 풀기 좋은 상대야."

천하의 칠군주를 몸 풀기 좋은 상대라고 말하는 자.

용두방주다운 자신감이었다.

백단화는 눈살을 찌푸렸다.

"아직 당신의 몸이 다 낫지 않았는데요?"

"오호, 걱정해 주는 거요?"

은근한 눈빛의 위진양.

사태의 심각성을 와르르 무너뜨리는 장난기가 돋보

였다.

백단화로서도 피식 실소를 물지 않을 수 없었다.

"알았어요. 잔챙이들은 이쪽에서 처리하죠."

"잔챙이라고 무시하지 마시오. 저쪽에 칠군주 둘 말고도 무시 못할 놈 하나가 끼어 있는 모양이오."

"알고 있어요."

위진양과 백단화는 모르겠지만, 강비와 민비화는 그 무시 못할 존재감을 풍기는 마인을 알고 있었다. 특히나 강비의 입장에서는 천랑군주만큼이나 묘한 악연으로 얽힌 자였기에 모를 수가 없었다.

'이 독특한 마기…… 광호?!'

과거 피터지게 싸워 댔던 그자.

"이름이 뭐냐?"

"강비."

"나는 비사림(秘死林)의 광호(光虎)라 한다. 훗날, 다시 볼 날이 올 것이다. 그때까지 목 간수 잘해라. 네놈 목은 내가 베겠다."

비사림에서도 처음으로 맞붙었던 절정의 마인.

강비가 싸움으로의 기억으로 광호를 기억해 냈다면, 민비화는 달랐다.

'광호라니, 도대체가…….'

법왕교의 작은 주인으로서 비사림의 차기 림주를 모른다는 건 말이 되지 않았다.

나이는 자신보다 많아 강비에 엇비슷한 자.

절정의 마공을 익혀내 이미 젊은 나이임에도 대단한 무력을 갖추게 된 마룡(魔龍)이 바로 그였다.

추구하는 길은 다르지만 이런 상황에서 만나게 되리라고는 생각하지 않았는데…….

'별수 없는 건가.'

그녀는 슬쩍 하늘을 올려다보았다.

스승께서는 어떤 마음으로 자신을 키웠는지, 그 자신이 되어보지 않고서는 모를 일이었다. 하지만 그녀는 이곳까지 오면서 심란한 마음을 다독일 만큼 충분한 여유를 챙겼다.

사부와 더불어 얘기를 나눌 날들은 많다. 하지만 저들이 자신을 적으로 간주하고 칼을 들이민다면, 얌전히 당해줄 수가 없다.

여기서 죽기에는 궁금한 것도 많고, 결정적으로 죽

기도 싫었다.

그렇게 각자의 상념을 품은 그들 앞으로…….

마침내 무시무시한 마인들이 그 모습을 드러냈다.

"오랜만이구나."

살벌한 마안(魔眼)은 그때와 조금도 달라지지 않았
다.

온갖 살기와 악의로 뒤죽박죽이 되어버린 마수(魔
獸)의 눈동자.

짐승의 그것보다도 더 짙은 원초적인 무언가가 천
랑군주에게는 있었다.

천랑군주의 살기 어린 말에 강비의 나른한 눈도 차
갑게 식어갔다. 만나지 않았을 때는 불길이라도 토해
낼 것 같던 눈빛이 막상 그와 마주하게 되자 외려 차
가워졌다. 물론 그 어느 쪽을 살펴도 호의 있다 보기
에는 어려운 분위기였다.

"아등바등 어떻게든 살아난 것 같군."

도발적인 어조.

천랑군주의 몸에서 이는 살기가 더욱 짙어졌다.

"어린놈, 그 주둥이는 여전하군."

"네 추잡한 눈동자라고 달라진 것 같지는 않아."

"이놈!"

콰직!

둔탁한 소리가 나며 땅에 실금이 퍼졌다. 격정을 참지 못해 기파를 개방하는 것만으로도 땅이 신음한다.

여전한 무력.

마왕이라 불리기에 한 점 부족함이 없는 기세였다.

"설마 했는데 오기를 잘했군. 그때는 운이 좋아 잘 도망쳤지만, 오늘은 다를 것이다."

"개 맞듯이 터지고서도 그따위 소리가 나올지 궁금하군."

"이익!"

소용돌이치는 마기는 거의 육안에 보일 정도로 형상화되어 있었다. 바람은 서쪽으로 부는데 그의 머리카락은 몽땅 위로 솟구치고 있었다. 전율스러운 기파였다.

"천랑, 흥분을 멈추게."

조용히 그를 다독이며 한 사람이 앞으로 나섰다.

천랑군주와 비슷한 연배로 보이는 남자였다.

평범한 얼굴, 평키에 목소리도 유별날 것이 없었다. 정말 이 정도로 평범한 사람이 있을까 싶을 정도로 평범해서, 오히려 눈에 띄는 사람이었다.

하지만 그의 손에 들린 이 척 길이의 소검(小劍)은 결코 평범해 보이지가 않았다. 시커먼 묵색(墨色)의 검신(劍身)에서는 그 흔한 예기마저도 느껴지지가 않았다. 빛마저 빨아들이는 괴이쩍은 검이었다.

백단화가 신음을 흘렸다.

"유령군주(幽靈軍主)……."

검창륜(劍槍輪)의 삼대군주와 호랑묘(虎狼猫)의 삼대군주, 더불어 유령(幽靈)의 일군을 합하여 칠군주라 하니, 이 중 강함의 제일은 검창륜의 혈검(血劍)이요, 지모(智謀)의 제일은 호랑묘의 천랑이며, 살인의 제일은 유령의 일군이라 하였다.

비사림 제일의 살수이자 최고의 살인 예찬자.

"호오, 이건 또 새롭군. 법왕교의 작은 주인과 신화단주라니, 묘한 인연이로세."

여유롭게 하는 말과는 달리 유령군주의 눈동자는 보이지 않는 살기로 충만해 있었다.

이미 법왕교주의 정체는 백일하에 까발려진 상태였다. 그들 입장에서는 반드시 죽여 없애야 할 괘씸한 작자들이 법왕교 소속 무인들이었다.

"거지 대왕 하나만 잡아도 큰 소득이라 생각했거늘, 뜻하지 않게 배신자들까지 이리 보게 되는구먼. 그 배신이나 하는 삶, 유쾌하던가?"

비아냥대는 말투가 그야말로 사람 가슴을 뒤집어놓았다.

그러나 민비화와 백단화의 안색에 변함은 없었다. 이미 여기까지 오면서 많은 이야기를 나누고 많은 정리를 한 두 사람이다. 동지애라도 느낀 사이라면 모르되, 그런 것도 아닌 바에야 죄책감 따위 가질 리가 없었다.

오히려 민비화는 한술 더 떴다.

"유쾌한 건 모르겠지만, 그간 재미는 있었어요."

혜정 대사와의 만남을 상기하면 충분히 재미난 일이었다.

그와 함께 이야기를 나누고, 그에게 배운 무공이 얼마인가.

이미 그 나이 대에서도 발군의 역량을 자랑하던 민

비화의 무공은 혜정 대사의 가르침에 힘입어 꽃을 피운 상태였다. 혜정 대사의 무공이 불문의 그것인지라, 그 가르침은 더욱 빛을 발했다.

물론 그런 사정을 모르는 마인들 측에서야 기가 찰 일이었다.

"종자가 나빠서 그런가, 그리 당당한 게 이해되질 않는군."

"마인들이 활개치고 다니는 세상인데 우리라고 못할 건 없다고 봐요."

당돌하게 답하는 민비화였다.

천랑군주와 유령군주의 얼굴이 얼음장처럼 차갑게 일변했다.

그러나 그 와중에도 냉정함을 유지하는 자가 있었으니…….

훤칠한 키에 살인적인 마기를 풍기는 자.

등 뒤에는 다섯 자에 이르는 핏빛 마검을 걸친 남자가 바로 그 주인공이었다.

"반가운 얼굴을 이렇게 보는군."

그동안 어떤 일들을 겪었는지, 일 년 만에 보게 된 광호의 무력은 그전과는 수준을 달리하고 있었다.

전신에서 느껴지는 마기의 박동이 압권이라, 진정한 마리 마룡을 보는 것 같았다.

"법왕교의 소교주, 그 오만방자함은 이후 단죄토록 하겠다. 그리고 너 강비. 그간 실력은 잘 닦아두었나?"

하나 강비는 그를 쳐다도 보지 않고 있었다. 그의 시선은 오로지 천랑군주에게만 박혀 있었고, 덕택에 광호는 무시당한 기분이 어떤 기분인지를 느껴야 했다.

"너……."

"입 닥치고 가만히 있어라. 네 상대는 민비화가 해줄 거다. 너 따위 꼬맹이까지 신경 쓸 형편이 안돼."

한 마디, 한 마디 씹어 대며 말하는 강비.

이전까지 꼭꼭 숨겨두었던 기파가 말을 하면서 안개처럼 퍼지기 시작하니, 울화로 검병부터 잡던 광호의 눈에 경악이 어렸다.

"너, 너……!!"

"천랑군주, 덤벼. 오늘은 확실하게 죽여줄 테니까."

이 정도 되면 가만히 서 있을 수만도 없게 되었다.

전투 직전의 공격적인 말로 상대의 마음을 흐트러트리려 한 유령군주는 오히려 아군이 흔들리고 있다는 사태에 유감조차 느끼지 못했다.

천랑군주가 말릴 새도 없이 뛰쳐나갔고, 강비 역시 은빛 신창을 내세우며 폭발적인 도약을 이루어냈다.

위진양이 파안대소(破顔大笑)를 터트렸다.

"하하하! 강 아우가 무공만 강한 줄 알았더니, 구공(口功)의 경지가 반선(半仙)의 경지에 달했구먼. 어이, 유령군주라 했던가? 어차피 이리 된 거, 말은 필요치 않겠지? 그쪽에서도 어지간히 날 잡고 싶었던 모양인데, 오늘 아주 제대로 박살 내주마."

두 주먹을 쾅쾅, 부딪치며 달려드는 위진양의 얼굴에는 웃음꽃이 만발해 있었다. 이해할 수 없는 감정을 얼굴 곳곳에 묻힌 채 덤벼드는 그의 모습은 마인들조차 기겁할 정도로 광기에 물들어 있었다.

충격을 받은 광호에게서 틈을 본 민비화가 화살처럼 뛰어나가고, 그 뒤에서 명을 기다리고 있는 백여 명의 마인들 사이로 백단화라는 이름의 대호가 먹잇감을 노리는 야수의 기백으로 덮쳐 들어갔다.

강비의 일행과 비사림 마인들의 격전.

광룡왕 강비의 이름이 최초로 알려지게 될, 참마비
사대전(斬魔秘死大戰)의 서곡을 알리는 전투가 이렇
게 시작되었다.

〈『암천루』 제6권에서 계속〉

암천루

1판 1쇄 찍음 2016년 3월 18일
1판 1쇄 펴냄 2016년 3월 25일

지은이 | 산수화
펴낸이 | 정 필
펴낸곳 | 도서출판 **뿔미디어**

편집장 | 이재권
기획 · 편집 | 문정흠

출판등록 | 2002년 9월 11일 (제081-1-132호)
주소 | 경기도 부천시 원미구 소향로 117번길(두성프라자) 303호 (우) 14544
전화 | 032)651-6513 / 팩스 032)651-6094
E-mail | bbulmedia@hanmail.net
홈페이지 | http://bbulmedia.com

값 8,000원

ISBN 979-11-315-7062-3 04810
ISBN 979-11-315-6313-7 04810 (세트)

www.bbulmedia.com

www.bbulmedia.com